A INSUBMISSA

© Cristina Peri Rossi, 2020
© desta edição, Bazar do Tempo, 2025

Título original: *La insumisa*

Todos os direitos reservados e protegidos pela Lei n. 9610, de 12.2.1998. Proibida a reprodução total ou parcial sem a expressa anuência da editora.

Este livro foi revisado segundo o Acordo Ortográfico da Língua Portuguesa de 1990, em vigor no Brasil desde 2009.

Edição **Ana Cecilia Impellizieri Martins**
Produção editorial **Joice Nunes**
Assistente editorial **Bruna Ponte**
Tradução e posfácio **Anita Rivera Guerra**
Copidesque **Silvia Massimini Felix**
Revisão **Marina Montrezol**
Projeto gráfico **Bloco Gráfico**
Assistente de design **Livia Takemura**
Acompanhamento gráfico **Marina Ambrasas**
Imagem de capa **Cristina Peri Rossi, 2006**. Matias Nieto/Getty Images

CIP-BRASIL. CATALOGAÇÃO NA PUBLICAÇÃO
SINDICATO NACIONAL DOS EDITORES DE LIVROS, RJ

R741i   Rossi, Cristina Peri
      A insubmissa / Cristina Peri Rossi; tradução Anita Rivera Guerra.
      Rio de Janeiro: Bazar do Tempo, 2025
      Tradução de: *La insumisa*

ISBN 978-65-85984-54-6

1. Romance uruguaio. I. Guerra, Anita Rivera. II. Título.

25-97634.0   CDD: U863   CDU: 82-31(899)

Gabriela Faray Ferreira Lopes, Bibliotecária, CRB-7/6643

BAZAR DO TEMPO
Produções e Empreendimentos Culturais Ltda.

Rua General Dionísio, 53, Humaitá
22271-050 – Rio de Janeiro – RJ
contato@bazardotempo.com.br
www.bazardotempo.com.br

CRISTINA PERI ROSSI

A INSUBMISSA

TRADUÇÃO ANITA RIVERA GUERRA

- 7   Primeiro amor
- 16   A estação de trem
- 32   Meu pai
- 40   O orfanato
- 51   A sala de visitas
- 74   A viagem das cegonhas
- 76   O que dirão
- 82   Segundo amor
- 97   Alerta
- 113   O desejo
- 117   O *bichicome*
- 131   Meu tio
- 146   A gravidez
- 152   A operação
- 159   As anormais
- 179   A Remington
- 181   O beijo
- 183   Garota querida

POSFÁCIO
- 193   *Entre realidade e ficção, a vida*
  Anita Rivera Guerra

- 203   Principais obras de Cristina Peri Rossi

PRIMEIRO AMOR

A primeira vez que me declarei à minha mãe, eu tinha três anos (segundo os biólogos, os primeiros anos da nossa vida são os mais inteligentes. O resto é cultura, informação, treinamento). Tinha propósitos sérios: pretendia me casar com ela. O casamento da minha mãe (do qual fui um fruto precoce) havia sido um fracasso, e ela estava triste e angustiada. Os animais de estimação compreendem instintivamente as emoções e os sentimentos dos seres e procuram acompanhá-los, consolá-los: eu era um animal de estimação de três anos.

No escasso tempo em que meu pai estava em casa (aparecer e desaparecer sem aviso era uma forma de poder), eles discutiam, davam sermões um ao outro, e no ar — como uma nuvem preta, de tempestade — pairava uma ameaça obscura. Já minha mãe e eu éramos um casal perfeito. Tínhamos os mesmos gostos (a música clássica, os contos tradicionais, a poesia e a ciência), compartilhávamos os jogos, as emoções, as alegrias e os temores. O que mais se poderia querer de um casal? Não éramos, no restante, completamente iguais. Aos três anos eu tinha um instinto aguçado de aventura, do qual minha mãe carecia (ou o casamento havia anulado), e um amor pela fauna e pela flora que parecia um pouco vulgar para minha mãe. Mesmo assim, ela me deixou criar uma raposa, uma avestruz mal-humorada e vários coelhos.

Mas, ao contrário dos meus progenitores, minha mãe e eu sabíamos negociar sempre que surgia um conflito. Quando cismei com um bebê de elefante, no zoológico, e manifestei que não estava disposta a voltar para casa sem ele, minha mãe me ofereceu em troca um pequeno bezerro, que pude criar no terreno dos fundos. (Suspeito que meu pai o comeu. Um dia, quando acordei, o bezerrinho já não estava pastando no gramado. Meu pai, nesse dia, fez churrasco.)

Minha mãe escutou muito atentamente minha proposta. (Sempre me escutava muito atentamente, como se deve fazer com as crianças.) Acho que se sentiu lisonjeada. O casamento infeliz com meu pai a fazia sentir-se muito desventurada, e ela necessitava ser amada com ternura, respeitada, admirada; compreendeu que eu oferecia todos esses sentimentos (mais um forte desejo de reparação) de maneira generosa e liberta, como uma trovadora medieval.

Depois de ter escutado minha proposta com atenção, minha mãe me disse que ela também me amava muito, que eu era a única alegria da sua vida, bastante triste, e que agradecia meu afeto, minha compreensão e todo o amor que eu lhe proporcionava. Achei que foram palavras muito justas, uma descrição adequada da nossa relação. Apesar disso — minha mãe me explicou —, nosso casamento não podia ser celebrado, naquele momento, porque eu ainda era muito pequena. Era uma razão que eu podia entender. Minha mãe era uma mulher belíssima (tinha uns enormes olhos "cor do tempo". Encontrei a descrição, anos depois, em um romance de Pierre Loti), inteligente, culta, embora frágil e assustada. Eu estava disposta a protegê-la (algo que meu pai não havia feito), embora eu mesma estivesse assustada muitas vezes: o amor é generoso. Também estava disposta a esperar todo o tempo que fosse necessário para nos casarmos.

Sempre agradecerei à minha mãe por ter me dado essa resposta. Não rejeitou minha proposta, não me decepcionou, mas estabeleceu um motivo razoável e justo para adiar nossa boda. Além disso, ela me estimulou a crescer. A partir desse dia, tentei comer mais (era bastante inapetente), aceitei as vitaminas e o horroroso óleo de fígado de bacalhau, com a esperança de acelerar meu crescimento e alcançar, por fim, o tamanho e a idade suficientes para me casar com ela.

Naquela época, os parentes, os vizinhos e todos aqueles adultos bobos e fracassados tinham o costume feio de perguntar às crianças o que elas fariam quando fossem mais velhas. Eu, com absoluta convicção e segurança, respondia: "Vou me casar com minha mãe." Imaginava um futuro celestial, cheio de paz e harmonia, de leituras fabulosas, passeios apaixonantes, noites de ópera (minha mãe tinha uma maravilhosa voz de soprano), ternura, cumplicidade e felicidade. O que mais um casal podia querer?

Enquanto eu crescia (mais devagar do que gostaria) renovava, a cada tanto, a promessa de casamento que havia feito à minha mãe. Não sabia ainda que os trovadores tinham só uma dama (distante), mas intuía que devia ser assim. Um amor eterno, delicado, fiel e cortês.

Quando completei quatro anos de idade, minha mãe começou a me perguntar, com certa reiteração, se eu gostaria de ter uma irmã. Confesso que não havia experimentado esse tipo de necessidade. Gostava muitíssimo de brincar com os animais que conseguia arrastar para o quintal dos fundos, gostava de explorar a terra, como uma arqueóloga, me seduzia classificar objetos esquecidos no sótão e me fascinava folhear os livros da biblioteca, mas todas eram ocupações solitárias, que eu só compartilhava com minha mãe. Quando lhe perguntei o que era uma irmã, ela me respondeu que se tratava de uma criança como eu. Refleti sobre o assunto e, embora tivesse algumas dúvidas, respondi que talvez pudesse tentar. Não afirmei nada. Não tinha a menor ideia de como se faziam irmãos e irmãs, se eram provisórios ou estáveis, mas com um pragmatismo nada habitual em mim deduzi que, se a suposta irmã tivesse minha capacidade de trabalho e minha curiosidade (minha mãe dissera que seria igual a mim), poderíamos, em pouco tempo, terminar de escavar o quintal, de onde eu já tinha conseguido desenterrar várias peças inestimáveis: um antigo bacamarte da Conquista espanhola, com o cabo entalhado, e uma espada de dois gumes que algum soldado italiano do exército de Garibaldi havia perdido por ali.

Então minha mãe decidiu me mandar para o campo. Não decidiu sem me consultar (éramos um verdadeiro casal): me propôs, por conselho do médico, depois de uma grave doença pulmonar.

Embora eu não tivesse vontade de me separar dela, a viagem me seduzia. Em primeiro lugar, disporia de uma antiga estação de trem (inglesa) toda para mim. Meu tio-avô era ferroviário, dirigia uma antiga estação de trem cheia de aparatos maravilhosos. Eu poderia usar o telégrafo, dar entrada e saída aos trens com um assovio, grave e profundo como a sirene de um navio, poderia trocar os trilhos (com uma máquina pesada provida de uma grossa cadeia de ferro), poderia expedir os bilhetes que se distinguiam pelas suas cores brilhantes e ajudaria a embarcar as ovelhas e os cordeiros nos enormes vagões de carga. Além disso, o campo estava cheio de animais que me interessava investigar e, se fosse possível, adotar; eram animais que não existiam na cidade: avestruzes que punham enormes ovos pintalgados, grandes e sonolentos lagartos que se confundiam com a poeira da estrada, bandos de ávidos gafanhotos que nublavam o céu, raposas vermelhas, dispostas, sempre, a roubar pintinhos, borboletas de esplêndidos desenhos coloridos, aranhas peludas de barriga rosada, sapos, rãs e inquietas e vivazes nútrias que nadavam e brincavam na água dos rios.

De forma que abandonei minha mãe, por uns meses, e fui aproveitar o campo e a velha estação de trem dos ingleses.

Quando voltei, vários meses depois (o campo se mostrou muito mais apaixonante que a cidade), minha mãe me recebeu com a notícia de que, agora, eu tinha uma irmãzinha. Não me surpreendeu: já tínhamos falado disso. De mão dadas, minha mãe me conduziu até o quarto, onde agora havia um berço, e me apresentou à recém-chegada.

Olhei com curiosidade para o interior do berço. Observei atentamente. Eu não era intolerante, mas tampouco estava disposta a me entusiasmar por algo que não valesse a pena. A bebê balbuciou alguns sons ininteligíveis. Era o pior que ela podia fazer para alguém que amava a linguagem como eu. Elevei a cabeça significativamente até minha mãe e lhe perguntei (ou quase afirmei):

— Não fala?

— Não — respondeu minha mãe.

Continuei a observação. A bebê estava em posição horizontal, no berço, e suas pernas eram curtas e muito magras: com essas pernas, dificilmente poderia correr do meu lado.

— Não anda? — voltei a perguntar.

— Não — respondeu minha mãe.

A coisa parecia bastante desalentadora. Lancei uma última olhada para aquele volume informe no berço e, com uma voz já desesperançada, fiz a última pergunta:

— Não sabe brincar?

Minha mãe, que havia aceitado com paciência minha minuciosa observação, respondeu:

— Não, não sabe brincar. Ainda é muito pequena.

— Então, não me interessa — concluí, sem piedade, e fui realizar uma das numerosas tarefas que me esperavam no quintal e na vida.

A questão irmã ficou resolvida para mim. Contemplava com certo desprezo e condescendência as múltiplas e às vezes desagradáveis tarefas que sua criação exigia: a troca de fraldas, a lavagem das suas partes íntimas, a preparação das mamadeiras. Eram coisas superadas, para mim, e de utilidade duvidosa: o tempo passava (lentamente demais para meu desejo obsessivo de me casar com minha mãe), e o pequeno girino continuava se mijando no berço, não falava e não sabia brincar. Algo muito lento, e eu precisava de toda a minha energia e todo o meu tempo para investigar o mundo, ser uma trovadora atenta do amor e proteger minha mãe.

No fim desse ano, minha mãe me comunicou que tinha que me mandar para a escola. O projeto não me entusiasmou muito. Tudo que eu queria aprender ela me ensinava ou eu averiguava nas minhas incessantes explorações. Ela tinha me ensinado a ler, e, pelo que eu sabia, ainda faltavam muitos livros para eu ler. Isso prometia uma linda tarefa conjunta entre ela e mim, pelo menos tão longa quanto nosso amor. Jamais teríamos um casamento entediante.

Minha mãe me disse que entendia minha falta de interesse em ir para a escola, mas — acrescentou — as leis do país o exigiam. Eu não queria que ela violasse a lei por minha causa. De modo que eu devia aceitar, com resignação, essa nova etapa da minha vida. Se eu era suficientemente grande para ir à escola — raciocinei —, já podia cumprir o sonho da minha vida: me casar com ela. Então aproveitei a ocasião para falar do nosso casamento. Achei que era uma boa ocasião, porque, nas frequentes e violentas brigas dos meus pais, a palavra divórcio aparecia constantemente. Se eles se divorciassem, como projetavam, nós duas nos casaríamos.

Desta vez, minha mãe decidiu me dar outra resposta. Admitiu que nos amávamos, que tínhamos uma excelente relação, uma reconfortante cumplicidade, mas havia um obstáculo. Pensei na minha irmã. Mesmo que para mim fosse completamente indiferente, era evidente que minha mãe e eu a havíamos adotado. Nós a levávamos em nossos passeios, líamos em voz alta diante do seu berço, e eu lhe dava de presente meus brinquedos velhos, apesar de ela sempre quebrá-los. E mais, quando saíamos as três para passear na cidade, parecíamos um verdadeiro casal: minha mãe e eu, casadas; a bebê, o fruto do nosso casamento. O problema era de tipo legal, me explicou minha mãe. Do mesmo modo que a lei exigia que eu fosse para a escola, contra minha vontade, a lei proibia que uma filha se casasse com sua mãe. Desesperada, perguntei:

— E uma mãe com sua filha?

Também não. Nisso, a lei era inflexível.

Escutei muito atentamente a explicação. Não era uma criança precipitada: diante de qualquer problema, examinava com muito cuidado os fatores em jogo, as causas, as possíveis soluções, e, após esse exame, apelava para a imaginação.

— Como se mudam as leis? — perguntei à minha mãe, em seguida.

— É um processo muito longo, muito lento e complicado — respondeu minha mãe. — Primeiro, é preciso elaborar um projeto — me disse. — Depois, conseguir muitas assinaturas de apoio, para apresentá-lo ao Parlamento. E lá, depois de anos e anos, talvez seja considerado. Se for, há várias possibilidades. Uma é que não obtenha votos suficientes dos deputados, portanto o projeto é rejeitado. Se consegue a maioria na Câmara dos Deputados — me explicou minha mãe —, passa ao Senado. O Senado se reúne poucas vezes e é inimigo das mudanças, porque seus membros são gente de idade avançada. É preciso esperar que o Senado inclua o projeto de lei na Ordem do Dia. Uma vez incluído, o Senado estuda a proposta e, se a aprova (pode não aprovar, e então a proposta também é rejeitada), ela é enviada ao Poder Executivo. O Poder Executivo, mesmo sabendo que o projeto de lei foi aprovado por ambas as Câmaras, tem poder de veto e pode suspender eternamente a promulgação da lei, e então tudo que veio antes não serve para nada.

Eis aí como minha mãe me instruiu sabiamente no funcionamento da democracia, sem necessidade de eu ir para a escola.

Achei um processo demasiado lento, longo e imprevisível para a ansiedade que eu tinha de me casar com minha mãe. De modo que, apressada, lhe perguntei:

— Não existe outra maneira de mudar as leis?

Ela me respondeu que sim, que havia outra maneira, que se chamava Revolução. Eu tinha escutado essa palavra em várias ocasiões, quando minha mãe leu alguns capítulos sobre a Revolução Francesa para mim. Esses capítulos tinham me enchido de paixão, tinham me convertido em uma verdadeira republicana, que detestava a nobreza frívola, vaidosa e egoísta. Mas, por outro lado, a Revolução Francesa tinha alguns aspectos obscuros e sangrentos que me haviam horrorizado.

Não lhe perguntei como se faziam as revoluções: tinha me dado conta de que era algo que necessitava do sacrifício de muita gente, era difícil de conquistar, estava cheio de contradições e nem sempre terminava bem.

A lei, então, impedia nosso casamento. Aceitei isso com dignidade, mas secretamente disposta a realizar todos os esforços para mudá-la, dado que a lei vedava o cumprimento dos desejos das pessoas.

Eu me lembro de que nessa tarde (a da revelação da lei como obstáculo do desejo) não me dediquei freneticamente a escavar a terra nem a classificar insetos e plantas como costumava fazer. Dediquei-me a refletir com muita concentração sobre esse novo conhecimento acerca da vida, proporcionado pela minha mãe: os desejos — mesmo aqueles que nos parecem os mais justos e nobres — podem se chocar com a lei, e esta é muito difícil de mudar.

Esse conhecimento, adquirido em tenra idade, foi uma das revelações mais decisivas da minha infância, e suas consequências duraram por toda a vida.

Agora eu sabia que não podia me casar com minha mãe, mesmo que crescesse, pois havia um obstáculo invencível. Tive que organizar minha vida a partir dessa desilusão, embora decidida a não esquecer o assunto: havia algo errado nessa conta entre o desejo e a lei, e eu não costumava me esquecer das contas.

Se eu não podia me casar com minha mãe, como era meu desejo mais íntimo, não estava disposta a me casar com mais ninguém neste mundo. Era uma jovenzinha insubordinável. E muito fiel aos meus desejos.

Muitos anos depois, refletindo sobre esse episódio da minha vida, agradeci muito à minha mãe por não me explicar, na época, que não podíamos nos casar porque ambas éramos do mesmo sexo. Não fez isso porque para minha mãe o sexo era algo irrelevante, quando não desagradável. (Temos que ter piedade e comiseração pela vida sexual das nossas mães.) Embora eu não possa dizer o mesmo, isso me fez crescer com a convicção de que, sob os efeitos do amor, o sexo dos que se amam não tem nenhuma importância. Como não a têm a cor da pele, a idade, a classe social ou a geografia.

De modo que segui amando minha mãe, mas abandonei o projeto de me casar com ela. Também descobri que podia continuar amando-a e amar outras pessoas ao mesmo tempo. Ela nem sempre entendia isso bem. Às vezes, quando eu a visitava (já tinha se tornado viúva e minha irmã se casara), insistia no velho projeto de vivermos juntas. Eu me defendia dizendo que estava apaixonada por outra pessoa.

Ela abaixava a cabeça, com certa desilusão, e dizia:

— As paixões são passageiras.

É completamente verdade. Ao longo da vida, tive muitos amores intensos, apaixonados. Depois de um tempo, quando voltamos a nos ver, não somos capazes de tomar um café. Ao contrário, quando volto a ver minha mãe, a alegria e a ternura são as mesmas. Tomamos café, rimos, passeamos, lemos juntas e escutamos música. Não apenas cresci o suficiente para alcançá-la, como às vezes eu sou a mãe e ela é a filha. Tem sido nossa maneira particular de mudar a lei dos homens.

A ESTAÇÃO DE TREM

Minha infância é uma estação de trem no meio do campo. Um campo plano, ermo, dedicado à pastagem do gado. A estação havia sido construída por ingleses, como quase tudo: os trens, os frigoríficos, as ferrovias e a destilação do uísque e da *"caña"* (uma espécie de rum). Os trens eram do mais puro estilo inglês: assentos de madeira, mesas retráteis com bordas douradas, janelas com cortinas de couro, corredores de madeira acarpetada de cor púrpura... O *Orient-Express* em Montevidéu, rumo ao interior do país, único lugar sem oceano, sem mar, mas com um enorme rio que o divide em dois, o rio Negro. Meus tios vieram me buscar para me levar ao campo, porque tive um princípio de tuberculose, chamado *prima infezione*, e necessitava de várias coisas: um lar verdadeiro, muito ar do campo... e alguém que conseguisse me fazer comer, porque era inapetente por natureza, mas a doença fechou meu estômago em definitivo. Eu tinha quatro anos, era curiosa, hipersensível, alegre, mas estava profundamente angustiada. O povoado se chamava Casupá, em honra a um cacique indígena especialmente resistente à Conquista. Foram me buscar em Montevidéu meus tios favoritos: uma tia-avó quarentona, de bom humor, sem filhos, diretora da única escola rural do povoado, bondosa mas firme, carinhosa mas não superprotetora, e seu marido, muito bom, serviçal, calado, sólido, que era uma autoridade no povoado: o Chefe da Estação de Trem. Da linha inglesa, única, além de tudo. Um homem que usava um uniforme azul-escuro que me fascinava, acompanhado de uma boina inglesa, da mesma cor, com aba preta e borda dourada, que me parecia o cúmulo da elegância. De fato: ambos eram muito elegantes, sendo ao mesmo tempo discretos e simples. Não foi difícil me convencer: minha tia me falou da possibilidade de ver emas e avestruzes, de passear com os lagartos, de andar a cavalo e, especialmente, de criar bezerros e ovelhas. Bastava me falar de qualquer animal para me levar a qualquer lugar. A viagem de trem durava muitas horas porque os trens iam muito devagar, mas enquanto isso eu podia me ocupar contando as casas de joão-de-barro nos postes, um dos meus passatempos preferidos, pois, como todo mundo sabe, o joão-de-barro é uma ave arquiteta que constrói seus ninhos com vários cômodos para ocultar melhor as crias. De resto, eu não me entediava nunca e tinha o trem à minha disposição: meu tio era o chefe de uma estação, e todos os empregados o respeitavam. De modo que a viagem para mim foi muito curta, porque pedi que me mostrassem a locomotora de carvão, coisa que me foi concedida; que me ensinassem a usar as buzinas do trem, coisa que me foi concedida; que me ensinassem a mexer no carvão com a pá, coisa que me foi concedida de forma relutante, pela doença pulmonar, mas meu tio disse ao fornalheiro: "Deixe a menina tentar. Assim que se sufocar, vai sair por conta própria", e assim foi. Me ensinaram a usar o telégrafo para fazer a comunicação com as estações distantes e a decifrar as mensagens do código Morse, mas era algo difícil e me convenceram de que não o empregasse (eu já queria começar a escrever uma carta para minha mãe) porque minha mãe não saberia entender.

 Meus tios ocupavam a casa que se conectava com a estação de trem através da porta da sala, de modo que era, de alguma maneira, como viver no meio dos trilhos. Logo aprendi todos os horários e destinos dos trens, e comecei a emitir bilhetes, em cima de um tamborete de madeira marrom de três pernas. Eram uns maravilhosos bilhetes de papelão de duas cores — eu diferenciava os destinos pela cor — que se cortavam com uma poderosa máquina de ouro, inglesa, que imediatamente associei a uma guilhotina. Os bilhetes eram depositados em um elegante móvel de madeira inglesa, também, com suas gavetinhas correspondentes, nas quais eles repousavam como se fosse um leito. Meu tio, que era muito discreto, me deixava fazê-lo com total independência, embora — descobri só muito depois — sempre se encarregasse de que houvesse algum trabalhador ou empregado não muito longe, me controlando de maneira imperceptível. Na janelinha de bordas cromadas da estação chegavam os camponeses — homens do campo — com amplas e grandes bombachas, grossos cintos de prata entalhada e botas com esporas de ouro trabalhadas, e me diziam:

— Um bilhete para Nico Pérez, ida e volta. Que horas sai?

E eu, com o tamborete giratório, buscava o bilhete verde e branco, cortava-o, cobrava e sabia todos os horários de cabeça. Meu tio se fazia de distraído, enquanto decifrava alguma mensagem do telégrafo ou dava permissão de entrada a um trem expresso.

A fachada da estação era decorada com enormes placas de latão, feitas na Inglaterra, que anunciavam os produtos vendidos nos armazéns: chás ingleses, chocolates ingleses, massas inglesas, suéteres ingleses. Mas as pessoas que eu via no povoado não bebiam chá nem comiam massas inglesas: eram pequenos criadores de gado, agricultores pobres, enormemente dignos, limpos, que não sabiam falar inglês, e mandavam seus filhos para a escola pública que minha tia dirigia com muito bom humor, muitíssima solidariedade e grande compreensão. Eles tomavam chimarrão, mascavam folha de milho e viviam em ranchos de palha com uma cisterna perto.

Eu fui feliz nessa casa, sacudida a cada meia hora pela passagem de um trem de mercadorias, de um trem de passageiros ou de um trem expresso. Não havia mais o que me perguntar: eu sabia todos os horários, todos os destinos e, quando o frio ou a chuva me obrigavam a ir para dentro, olhava os trens passarem pelas janelas. Os habitantes do povoado — não muito numerosos — se acostumaram a me ver a cada dia em busca de ovos de avestruz ou pastoreando ovelhas, e me perguntavam pelo horário dos trens, se o expresso de meia-noite havia passado em ponto, se o próximo trem de mercadorias tinha como destino Montevidéu ou Pando. Virei uma especialista em trens. Os trilhos, especialmente, me fascinavam. Me mostraram as distintas larguras de cada trilho e de que modo precisavam saber que tipo de trem chegaria para abri-las ou fechá-las, empregando uma imensa máquina com forma de timão e uma larga corrente de ferro que deslizava com muito barulho e, atravessando o chão, abria e fechava os trilhos. Meu maior desejo era poder fazer a máquina funcionar sozinha, mas requeria a força de um homem muito grande e muito robusto, de modo que meu querido tio encontrou um sistema para não me decepcionar: um dos empregados da estação — o mais robusto — movia a pesada corrente de ferro pintada de preto, enquanto eu girava o timão. Santa Rosa (era o sobrenome do trabalhador) e eu viramos inseparáveis. Como todos os homens do campo uruguaio, ele era reservado, silencioso, de maneiras sóbrias, contidas e delicadas. Não falava nunca, mas uma ordem bastou: meu tio lhe disse "Seu trabalho, Santa Rosa, é cuidar da menina sem que ela note", e a verdade é que eu não percebia. Mas, no dia em que meu cavalo levou um susto e me derrubou no chão porque uma galinha louca cruzou seu caminho, Santa Rosa estava ali, milagrosamente, embora eu tivesse me distanciado muitíssimo da estação. Eu tinha, na época, cinco anos, e não era um cavalo muito grande, mas era muito nervoso, e eu me empenhei em montá-lo. Santa Rosa estava pálido quando me pegou do chão, apesar da cor natural das pessoas do povoado ser rosada pelo ar puríssimo da serra, e me disse: "Seus tios vão me matar", mas eu não tinha me machucado muito: ele me levantou nos braços e me levou assim por todo o caminho até a casa. A partir desse momento, meu tio me proibiu de subir em qualquer potro ou cavalo do lugar. Não proibiu com gritos nem com grosserias. Reuniu todos os empregados da estação, todos os peões (eu estava ali, meio enjoada), e disse, com um tom calmo, sereno, e sem levantar a voz: "Vou matar o primeiro que a deixar subir em um cavalo", e pôs o revólver prateado em cima da mesa — acho que era um Colt; eu sonhava em pegá-lo emprestado algum dia —, e todos assentiram com a cabeça baixa.

Se não me deixavam montar mais a cavalo, sobravam as avestruzes. Alguém sabe quão rápido pode correr uma avestruz e a força da sua patada? (Muitos anos depois, aprendi que o engenhoso Gerald Durrell* sabia disso porque no seu interminável zoológico havia chegado até a Patagônia, onde encontrou uma avestruz apaixonante.) Pedi a Santa Rosa que me ensinasse a fazer laços, porque tinha visto algumas vezes enlaçarem potros selvagens ou caçarem avestruzes com eles. Não lhe disse para que eu queria um laço, e ele, ingenuamente, me ensinou, porque é algo que qualquer pessoa do campo deve saber fazer, é questão de senso comum. Demorei várias tardes de verão para aprender a fazer bons laços: as cordas eram muito grossas, eu tinha a pele das mãos muito delicada e os nós me cortavam, eu ficava com os dedos cheios de cicatrizes, sangrava por todos os lados e procurava dissimular, porque se meu tio ou minha tia me vissem

---

* Gerald Durrell (1925-1995) foi um naturalista, conservador, escritor e apresentador de televisão britânico. (N. E.)

iam suspeitar. Santa Rosa me ensinou a fazer um unguento com ervas, para esconder as feridas, mas cheirava como o diabo, de modo que eu tentava andar longe dos meus tios ou com as mãos rigorosamente enfiadas nos bolsos. Por fim, uma tarde, consegui fazer meu próprio laço, com uma corda grande, robusta, comprida. Testei o nó e estava bom, era ágil, deslizante. De modo que fui procurar avestruzes, sozinha, na saída do povoado. Na primeira tarde só consegui ver duas, mas estavam longe demais para segui-las a pé, por mais que eu corresse como uma velocista de categoria. Mas na segunda, quando já começava a anoitecer, eu, sentada em uma colina, vi passar toda uma manada de avestruzes, com passo rápido, mas não correndo, então me deixei deslizar ladeira abaixo e quando cheguei ao chão, lancei o laço na primeira que passou. Prendi uma das suas patas e ela ficou muito surpresa. Eu mais ainda. E como uma estúpida que sem dúvida eu era, cheguei perto para ver melhor minha obra, sem me dar conta de que ao fazer isso afrouxava a corda. A avestruz, que estava de costas, me esperou tranquila, paciente. Certamente tinha virado para trás seu pescoço comprido e sua cabeça pequena e calculara que essa menina de cinco anos não era um perigo muito grande, porque, quando me teve ao seu alcance, me cravou uma patada que me fez voar vários metros, no que soltei a corda, caí em uma pedra, e ela foi embora caminhando devagar, mansa.

Essa noite tiveram que sair para me buscar com lanternas e tochas acesas, pois fiquei meio tonta com o golpe e não podia me levantar. Todo o povoado estava me procurando, mas, claro, foi Santa Rosa quem me encontrou. Pôs um pano molhado na minha cabeça, limpou minha roupa, me levantou nos braços e outra vez me levou até minha tia, mas não quis entrar. Bateu na porta e me deixou ali. Minha tia, que estava meio desesperada, quando me viu sã e salva me abraçou, me beijou e me perguntou, com uma calma aparente:

— Quem te trouxe até aqui?
Eu respondi:
— A Virgem Maria.
Menos mal que minha tia não pensou que eu estava louca: se deu conta de que tinha confundido uma Virgem com uma Santa.
O outro tema que preocupava meus tios era a alimentação. Minha tia, que tinha um forte senso prático, havia se sentado diante de mim com caderno e lápis e nomeado diferentes alimentos, me perguntando por que eu não os comia. Anotava minuciosamente minhas respostas. Eu não comia:
Carne, porque tem sangue e nervos.
Ovos, porque têm clara.
Leite, porque tem nata. (— E se tirarmos a nata? — Sempre continua tendo.)
Laranjas, porque têm cabelos brancos.
Bananas, porque têm cabelos amarelos.
Maçãs, porque ficam marrons, como o cocô.
Batatas-doces, porque têm olhos.
Milhos, porque têm barbas.
Farinha, porque me engasgo.
Manteiga, porque tem gordura.
Frangos e galinhas, porque são meus amigos, o que se aplicava também aos coelhos, aos porcos, às perdizes e aos cordeiros.
Peixe, porque não fecham os olhos e estão sempre me olhando.
Minha tia não tinha um ataque de nervos (era uma mulher paciente e tranquila) cada vez que tinha que me dar de comer, como o resto da minha família, o que me deixava ainda mais inapetente, mas, sim, lhe pareceu muito natural a lista de escrúpulos alimentares que eu tinha. "Vamos começar por outro lado", me disse de uma maneira razoável. "Vejamos, tem alguma coisa que você gosta de comer?" Imediatamente eu disse que sim. "O que você está disposta a comer?", perguntou sabiamente minha tia. E eu, compreendendo sua bondade, disse: "Caldinho coado e doce de leite", e continuei fazendo

laços. Agora me deixavam fazer laços, mas só se eu não os usasse para uma caça maior. Minha tia tomou nota no caderno, e depois me perguntou: "Tem algum jeito que te pareça possível comer carne, sem que dê para ver os nervos e o sangue, naturalmente?". Eu pensei um pouco e disse: "Posso experimentar bife à milanesa, mas só se estiver bem passado e não der para ver os nervos e o sangue". Nisso entrou meu tio e escutou muito atentamente toda a conversa, com grande respeito por mim. Então minha tia olhou para ele e disse: "A menina tem nojo de comida pelas metáforas". Ele pareceu não entender. Minha tia leu no caderno: "Olhos, peles, cabelos, barbas, gordura: escutou a descrição dos alimentos e está horrorizada, acha que come coisas humanas, acha que come sangue e ossos, como os canibais". Então eu intervim. Disse: "A carne *tem sangue e nervos*, não é uma mefátora". "Metáfora", corrigiu minha tia. Ela se levantou com o caderno na mão, pediu que meu tio falasse comigo sobre qualquer coisa e se dirigiu à cozinha. Eu fiquei tranquila porque confiava nela. Depois — muitos anos depois — soube que foi na mesma hora falar com a empregada doméstica, que era uma mestiça cheia de filhos de diferentes homens, analfabeta, muito boa, e a quem eles respeitavam e ela também respeitava. "Secundina", falou, "de hoje em diante, a menina só vai comer caldinho muito bem peneirado, bifes à milanesa muito cozidos, passados, e, de sobremesa, doce de leite. A qualquer hora que peça, dê-lhe doce de leite. E nunca exija que coma outra coisa." Depois soube que combinaram de incluir um ovo de avestruz no caldinho (equivalente a mais de uma dezena de ovos normais), e assim a dose de proteínas e albumina estava suficientemente satisfeita.

De noite, eu permitia que me fizessem inalações com eucalipto para os pulmões: em frente à casa havia eucaliptos enormes e eu adorava cheirá-los, recolher as folhas e os frutos, o que me fazia tolerar melhor a inalação. Três vezes por semana parava o trem de mercadorias. Era um trem especial, muito grande, com mais vagões que os normais e sem assentos para passageiros. Eu o via chegar de longe, desde a colina, e descia a toda a velocidade para chegar à estação justo quando o trem parasse. Ajudava a abrir as enormes portas de correr de madeira dos vagões, fixadas por grandes ferros pretos. Os funcionários do trem baixavam umas paliçadas de madeira, para que o rebanho pudesse subir. Então eu me dedicava à minha tarefa favorita: escalava o portão que permitia o acesso dos animais — centenas de ovelhas e de cordeiros — e olhava-os subir, atropeladamente, entre balidos, roçando a cabeça e esfregando a pelagem uns nos outros. Adorava contá-los. Mesmo que houvesse um capataz com um grande caderno e lápis que contava as cabeças do rebanho, eu fazia minhas próprias contas e, quando um pelotão muito grande enchia um vagão, comparávamos nossas cifras. "Cento e cinquenta no vagão dianteiro", gritava o capataz. E eu assentia ou protestava. Às vezes, acariciava um menorzinho ou ajudava algum atrasado a subir. Até o dia em que me ocorreu a maldita pergunta. Fazia vários meses que eu via o gado subir, contando ovelhas e bezerros, quando surpreendentemente me ocorreu. Olhei para Santa Rosa e para outro trabalhador, que estavam ajudando a subir as ovelhas, e, puxando uma ponta do seu macacão azul, perguntei:

— Para onde levam as ovelhas?

Santa Rosa, com total naturalidade, me respondeu:

— Para o matadouro de Montevidéu.

Fiquei muda de espanto, alucinada pela revelação. Quer dizer que todo esse gado que eu tinha visto desfilar, ajudado a subir nos vagões, colaborado ingenuamente a confinar, estava destinado a morrer em um matadouro em Montevidéu? Me pus a chorar de maneira tão inconsolável, sentindo-me tão culpada, que os pobres trabalhadores não souberam o que fazer comigo nem entenderam por que eu chorava, de modo que foram chamar meu tio. Mas meu tio, nesse momento, estava no telégrafo decifrando um complicado comunicado em código Morse, e além disso uma tempestade importante estava se aproximando, então disseram a Santa Rosa que, se eu estava chorando dessa maneira, era melhor que fossem buscar minha tia na escola. Eu chorava agarrada a cada cordeiro que subia no terrível vagão da morte, de forma que os criadores, surpresos e confusos, por um lado não podiam suspender a operação, porque isso provocaria um mortífero engarrafamento (as ovelhas e os cordeiros não são nada hábeis para essas coisas e têm pouco senso de conservação) e, por outro, tentavam me separar de cada ovelha à qual eu me agarrava desesperadamente. Santa Rosa foi buscar minha tia na escola, que ficava a um quilômetro da estação, e quando ela chegou a operação não tinha terminado: ainda estavam subindo cordeiros, eu seguia chorando, extenuada, tentando salvar algum bezerro e suplicando que não os matassem. Minha tia me abraçou, tentou me consolar, mas não pôde fazer muito mais. O paraíso havia se rompido. O limbo, desaparecido. Eu tinha acessado rapidamente o inferno da culpa. Minha tia olhou para os empregados enquanto tentava me consolar e gritou: "Deixem que ela fique com um ou dois de cada embarque", mas acho que aquela ideia foi muito pior. Parei de chorar, mas estava cansada e a ideia de salvar só um ou dois me angustiava horrivelmente. Como escolher? Qual salvar do terrível destino? A partir desse momento, os criadores me deixaram escolher, mas o sentimento de culpa não diminuiu. Agora se somava uma horrível ansiedade: escolher dois cordeirinhos e salvá-los de uma horrível morte futura. Escolhia os pequenos, os menores que encontrava, mas me sentia culpada por todos que subiam tumultuosamente no vagão do trem. Minha tia me deu permissão para pôr os escolhidos dentro de casa, no meu quarto, se eu quisesse, até na cama, se eu quisesse, mas a partir desse momento minha vida no campo se tornou angustiante: cada embarque de cordeiros me dava a oportunidade de salvar um, e com isso ia criando meu próprio rebanho, mas o fazia sem alegria, com ansiedade e dor. Muitos anos depois, em outra cidade, em outro continente, li um romance: *A escolha de Sofia*, e pude reviver o horrível tormento de ter que escolher quem salvar, e condenar assim o outro. Nós, seres humanos, temos uma capacidade extraordinária de fazer os demais sofrerem.

Vinte anos depois, as linhas ferroviárias dos ingleses (que haviam sido expropriadas pelo governo, a preço de ouro) foram encerradas para o transporte de passageiros. Os velhos vagões, caindo aos pedaços e com a pintura carcomida, ficaram para sempre parados, no meio do campo; as locomotivas pretas, cor de fuligem, já não emitiam seu assovio, e as rodas enferrujadas estavam grudadas nos trilhos. Um cemitério de estradas de ferro. Às vezes, as crianças, para brincar, abriam as portas de madeira dos vagões, arrancavam algumas tábuas do piso ou se escondiam no seu interior. Cachorros de rua farejavam por entre as madeiras. Mas, quando a ditadura militar tomou o poder, e as prisões e os quartéis não foram suficientes para encarcerar todos os presos políticos, a Junta Militar teve a ideia de voltar a habilitar esses velhos e obscuros vagões que estavam perdidos no meio do campo, distanciados de qualquer caminho e sem destino. Então, de forma clandestina, começaram a utilizar os antigos vagões como campos de concentração. Os presos chegavam em caminhões, indiscriminadamente, homens e mulheres misturados. O sargento dava uma ordem e os obrigava a descer. Dois soldados abriam as portas caindo aos pedaços dos vagões, e os homens e as mulheres eram confinados ali, como gado. Uma vez que o vagão estivesse bem cheio, fechavam as portas com grandes pinos de ferro e não voltavam a abrir até o dia seguinte, quando os soldados de vigília jogavam latas com um pouco de comida e um galão de água. Os presos e as presas confinados nos vagões não tinham luz, nem ar, nem pias, nem privadas, nem remédios, nem papel para escrever ou ler. Às vezes, com muito esforço, conseguiam perfurar um pedaço de madeira, para que entrasse um pouco mais de ar, e se revezavam para respirar. Alguns soldados foram mais benévolos e estabeleceram um turno para que pudessem sair ao campo, evacuar, mas logo precisavam regressar. Dentro dos vagões as condições eram terríveis, mas os presos e as presas, que tinham grande senso de solidariedade, decidiram se organizar. Dividiram o estreito espaço, e as mulheres grávidas e as doentes podiam sentar-se um tempo no chão, enquanto os demais permaneciam de pé, apinhados. Proibiu-se fumar, para não rarefazer ainda mais o ar; além disso, não havia onde se abastecer de cigarros. Quando alguém era vítima de uma crise de asma, de diabetes ou cardíaca, os presos e as presas dos vagões se punham a gritar e a golpear as portas duras até conseguir que algum dos sentinelas se compadecesse. Uma aluna minha, que tinha então dezoito anos, me contou que em uma manhã, quando os soldados abriram a porta do seu vagão para entregar-lhes um galão de água, conseguiu ver uma fila de presos e de presas que eram conduzidos, a pé, até outro vagão próximo. Na fila silenciosa de prisioneiros, avistou sua tia, de cinquenta anos, mas não pôde lhe dirigir a palavra, porque era proibido falar. Disse, no entanto, que reconhecer sua tia no meio dos prisioneiros a fez se sentir horrivelmente inquieta e, ao mesmo tempo, acompanhada. Às vezes alguém morria. Então, para aumentar o sofrimento, os soldados se negavam a retirar o cadáver, que permanecia ali, apodrecendo, no meio do calor e das moscas. Em outros casos, uma mulher grávida paria, sem assistência além da escassa que podia dar o resto dos prisioneiros. Apenas uma vez um soldado se apiedou, quando foi avisado de que a parturiente e seu bebê estavam a ponto de morrer. Abriu a porta do vagão (homens e mulheres confinados assistiam em silêncio ao calvário da mãe e do filho) e, sem murmurar nenhuma palavra, pegou o menino, levando-o consigo. Alguns dizem ter visto um olhar de infinita gratidão por parte da mãe agonizante, que não demorou a morrer.

    A paisagem do campo uruguaio é imensamente plana. Plana e solitária e sem gente. Nem casas. Às vezes se pode percorrer a cavalo durante dois ou três dias essa imensidão desolada sem encontrar um só ser humano, nem perceber mais que a sombra de um ombuzeiro entre os pastos. A imensidão da planície e a imensidão do céu se juntam, à frente e atrás do viajante a cavalo, que logo se sente o único ser humano da criação, extraviado Adão em terra de ninguém. Percorrer léguas e léguas embaixo de chuva (o clima é instável e imprevisível, é raro o dia em que não há várias mudanças de luz, de temperatura, de umidade, de modo que o cavaleiro que iniciou a viagem ao amanhecer purpúreo sobre o céu azul-celeste, ao meio-dia pode estar buscando uma árvore embaixo da qual se abrigar de uma chuva violenta e bíblica, uma reminiscência de dilúvio) torna os homens e mulheres gente íntima, solitária, secreta e consubstanciada com a natureza; esta tem predomínio sobre o humano, de modo que o homem e a mulher que andam a cavalo várias léguas pela desolada planície só dialogam consigo mesmos, com seu cavalo e com sua sombra. A dependência da natureza — épocas de chuvas torrenciais que parecem que não vão acabar nunca, períodos de seca intensa em que a terra racha e os animais, mortos de sede, se jogam no chão, agonizando — os converte em fatalistas. Diante de uma paisagem tão majestosa e despovoada, o homem e a mulher compreendem, sem palavras, a pequenez e a relatividade da vida humana, e desconfiam de qualquer possibilidade de modificar a ordem das coisas (ou sua desordem). Se chove, algum dia parará, então é melhor encontrar uma árvore embaixo da qual se abrigar (pequeno amparo). Os raios têm predileção pelas árvores, mas o homem ou a mulher a cavalo acredita que, se for atingido por um raio, isso pode acontecer tanto no meio do campo quanto embaixo de um ombuzeiro protetor, do mesmo modo que, se não chove, os animais morrem, as plantas secam, as raízes se retorcem e ninguém tem o que comer, algum dia voltará a chover. A frase, ouvida muitas vezes e sempre igual, dita com resignação, sem ênfase, me produzia, a cada vez, arroubos de rebeldia:

Sempre que choveu, parou.

Era uma frase bastante longa, se levarmos em conta a reserva do homem do campo uruguaio.

Mas eu não era fatalista e desempenhava uma atividade intensa. Gostava de acordar cedo e ver o sol nascer. Os amanheceres e anoiteceres no campo uruguaio são de uma beleza tão admirável, que só me ocorre a palavra magnificência, que então não conhecia, que é uma palavra cafona, e, no entanto, capaz de manifestar algo do que eu sentia perante esses amanheceres e anoiteceres. Eu me levantava em silêncio da cama, às seis, e ia à janela do quarto para contemplar a saída do sol. Era uma aparição silenciosa, lenta e deslumbrante. Abria as cortinas brancas da janela, e o sol, distante, rompia como a gema de um enorme ovo, o ovo do mundo. Acho que foram as primeiras vezes que experimentei a síndrome de Stendhal. Na casa, ainda dormiam, mas nos arredores não. Santa Rosa, sempre tão diligente, começava a fazer suas primeiras tarefas, de maneira silenciosa, procurando não acordar os patrões. Tirava água do poço, operação que me fascinava, e às vezes, com meu pijama de seda muito branco (uma vestimenta completamente inadequada para tais ofícios), eu atravessava a porta dos fundos e ia até ele, pedindo que me deixasse pegar a água. Sabia que no fundo do poço havia uma tartaruga, pelo menos isso me haviam dito, mas nunca consegui vê-la. Santa Rosa puxava com muita força a corrente, a roldana se movia, e quando o balde, transbordante, chegava até a beira, eu podia pegá-lo. Era a água destinada aos bebedouros dos animais, que ele tinha que limpar. Uma tarefa de que eu gostava muito e com a qual lhe pedia que me deixasse colaborar. Santa Rosa sempre ficava apreensivo pelo que poderiam dizer meus tios se nos descobrissem, mas tinha um coração terno e era incapaz de me negar alguma coisa.

Eu gostava muito do limo verde dos bebedouros. Na época, não conhecia a palavra sensualidade, mas seguramente já era uma das suas mais sensíveis vítimas. Com os baldes cheios nos dirigíamos aos bebedouros de mármore ou de pedra branca, com veios cinza, e Santa Rosa fazia correr a água parada, que, ao se retirar, deixava um lodo verde que eu gostava de ver e tocar.

— Não toca nisso — me dizia Santa Rosa. — Essa água é suja e você ainda não está bem dos pulmões.

No Uruguai, na época, os animais sempre andavam soltos. Era uma particularidade do país, e, para mim, a que revelava mais intimamente sua verdadeira idiossincrasia. Ninguém pensava em confinar um porco, nem uma vaca, nem um bezerro. Não apenas porque na imensa planície havia poucas possibilidades de acidente — era muito raro que uma vaca ou um cavalo quebrassem uma perna, em que rochedos?, em que precipícios?, em que colinas? —, mas pelo amor à liberdade e à independência que fazia parte da nossa educação mais elementar. Os porcos andavam soltos, assim como as ovelhas, as vacas, os cavalos, os frangos, as galinhas, as avestruzes, as núrias, os coelhos, as perdizes e as lebres. Era lindo ver que, quando se reuniam (e às vezes havia uma família inteira de porcos chafurdando, ou várias vacas se juntavam, como vizinhas que têm que comentar os acontecimentos da manhã), eram ajuntamentos voluntários, não impostos. Não apenas os animais de quatro patas andavam soltos: os de duas, como eu, também. Assim que chegávamos perto dos bebedouros para trocar a água, os animais começavam a se aproximar, e isso me dava a oportunidade de acariciá-los, de falar com eles, de brincar. Não tinha a menor dúvida de que existia uma verdadeira comunicação entre eles e mim; e, se algum estúpido, o que sempre tem, ousasse dizer que os animais não falavam, eu me rebelava diante dessa afirmação.

À noite, dormia ninada pelo barulho dos trens.

Eu, que tinha grandes dificuldades para dormir no apartamento dos meus pais na cidade, ao contrário dormia tranquilamente no campo, escutando o canto dos grilos ou o assovio das locomotivas que passavam velozes pela estação, sem parar.

MEU PAI

Minha mãe sempre dizia que eu e você nos parecíamos, e isso era motivo especial para não gostar de você. Dizia, com rancor: "Você é igual ao seu pai", e a obscura repreensão me deixava confusa, não podia estar feliz de me parecer com você mesmo que eu não tivesse feito nada para merecê-lo, nem para buscá-lo, como não poderia fazer nada — embora ela pensasse que sim — para evitá-lo. "Você é igual ao seu pai" significava muitíssimas coisas ruins, a primeira, sem dúvida, que ela não gostava de mim, e se não gostava de mim era porque, precisamente, eu me parecia com você, maldição que pesava em mim como um obscuro — tenebroso — rastro biológico do qual eu não podia me livrar como alguém se livra de uma poeirinha do ombro. E quem melhor que ela para saber se nos parecíamos? Porque minha mãe sempre me dizia: "Você é igual ao seu pai" e nessa sentença — ser igual a você era uma sentença: uma sentença irremediável, irreparável, irrecuperável — havia um juízo de valor, se eu era igual a você, não merecia amor, eu a tinha transformado em uma infeliz, ela era minha vítima — posto que também era a sua — e eu uma desalmada, cruel, egoísta, alguém que a fazia sofrer e a prejudicava. Eu recebia a repreensão em silêncio, mas com obscuro rancor. Não sabia a quem dirigir minha raiva por me parecer com você. Em primeiro lugar, sem dúvida, a você, porque era meu pai, e se não fosse eu não teria me parecido com você, e minha mãe não me faria essa repreensão; em segundo lugar, ao destino, porque, tendo pai e mãe, era uma desventurada por ter me parecido com você e não com ela, quando havia pelo menos a mesma gama de possibilidades de uma coisa ou da outra. No entanto, eu percebia na amarga repreensão da minha mãe uma culpabilidade pessoal, uma responsabilidade inteiramente minha, e isso era o que fazia com que me sentisse pior, de forma que, em vez de dirigir a raiva a você — que a dirigia — ou ao destino — inapreensível —, terminava dirigindo o desgosto a mim mesma, isto era o que insinuava minha mãe: no fato de me parecer com você havia uma culpa minha, um erro próprio, uma escolha deliberada. Jurava a mim mesma que eu não tinha feito nada de propósito para me parecer com você, mas se ela sugeria que sim ("Você é igual ao seu pai" era uma repreensão) é porque pensava que eu te imitava, ou que eu podia fazer algo para não me parecer com você. Repetia a frase com muita frequência, e, cada vez que a ouvia, eu tinha um mudo acesso de dor, de raiva, de vergonha e de culpa. Não queria me parecer com você, e mais: a última coisa que eu queria na vida era ter alguma semelhança com você, dado que isso era o que minha mãe repreendia e repudiava, mas não sabia o que fazer para deixar de me parecer. Se eu não tinha consciência de ter feito nada para me parecer com você, era muito difícil que pudesse fazer algo para deixar de me parecer, embora talvez pudesse fazer um esforço e apagar as semelhanças se conseguisse perceber em que nos parecíamos. Havia uma questão que me preocupava profundamente: como eu podia me parecer com o ser que mais odiava, que mais detestava, justamente por ser parecida com ele? Se se tratava de uma semelhança biológica — se eu tinha herdado, como a cor do cabelo ou dos olhos, o mau-caratismo, a violência, a melancolia, a timidez, o isolamento, a solidão, o gosto pela bebida e pelas mulheres —, era injusto que ela me repreendesse, mas, dado que me repreendia — e eu não podia imaginar que minha mãe fosse injusta, injusto era meu pai, não ela —, a semelhança devia ser involuntária, embora não biológica. Isso não respondia à pergunta: como eu podia me parecer com o ser que mais odiava, que mais detestava? Comecei a vislumbrar, de maneira impronunciável e incomunicável, que talvez se termine por detestar a pessoa com quem se parece, ou que, justamente, se detestava a pessoa com quem se parecia, como dois gêmeos que se odeiam e se rejeitam. Essa semelhança que só era vista pela minha mãe — quanto a isso, eu não me sentia completamente segura: era possível que algumas pessoas mais, da família, ou vizinhos, até estranhos pudessem apreciar as semelhanças, e não me dissessem com franqueza por pudor ou para não me machucar — e o fato de me tornar digna de culpa diante dela aumentou enormemente as dificuldades da relação entre mim e você, que já era difícil. É verdade que todo o ódio que sentia por você só podia ser experimentado, ao fim e ao cabo, por alguém que é nosso espelho convergente ou nosso espelho divergente. Eu tinha a débil esperança interior de te odiar por ser completamente distinta, mas eis aí que minha mãe — e quem melhor que ela para saber disso — sustentava o contrário. Eu devia sofrer por isso. Tinha que sofrer para pagar minha culpa, a dívida de me parecer com você, e fazer enormes esforços para tentar deixar de me parecer e merecer, desse modo, se não o amor da minha mãe (fruto possivelmente inacessível), pelo menos seu perdão. Comecei a me observar com muita atenção, para tentar corrigir aquelas coisas que em mim, sua filha, faziam com que minha mãe te evocasse, algo que ela desgostava profundamente. Era verdade que tínhamos, lamentavelmente, a mesma cor dos olhos. E da pele. Mas, quanto à pele, se eu era completamente branca como você, também é preciso dizer que minha mãe tinha a pele da mesma cor, de modo que minha brancura não podia ser atribuída apenas a você. Não sabia qual era a cor dos olhos preferida da minha mãe (ela tinha uns belíssimos olhos violeta: ela e Elizabeth Taylor), mas o seu era castanho, e o meu, mel, mais parecido, com certeza, com sua cor que com a dela, porém isso eu não via maneira de solucionar. Ambos — eu e você — éramos loiros, mas se levássemos em conta sua calvície precoce, era estranho que meus cabelos loiros evocassem os seus, embora seja verdade que seu cabelo era liso, e o meu também. Na época — eu tinha uns sete ou oito anos — as meninas tinham que ter cachos, como Shirley Temple. Essa menininha detestável nunca saberá quanto dano fez ao resto das menininhas do mundo, e, além disso, temos que perdoá-la, ela o fez sem saber, foram os malditos produtores de Hollywood os culpados de arruinarem a infância das meninas de cabelos lisos. Minha mãe não se cansava de dizer que meu cabelo era tão liso como o do meu pai, em vez de ter os cachos torneados da admirada Shirley Temple. Detestei os poucos cabelos lisos do meu pai. Toda a família estava disposta a destruir essa semelhança: cada noite me submetiam a dolorosas sessões de papelotes, nos quais envolviam minhas felizes mechas lisas e as enrolavam até a nuca, torciam o papel, faziam um nó, e eu ia dormir — se eu conseguisse — com toda a cabeça cheia de rolos, que apertavam, davam dor de cabeça, se desfaziam no meio da noite e ao acordar tinham que ser desenroscados, para eu parecer um cordeiro. Minha mãe dizia que caminhávamos da mesma maneira, eu e você, como patos. Observei atentamente os patos. Não tive que ir muito longe: nos fundos da casa da minha avó, onde eu passava a maior parte do tempo para fugir dos adultos, havia alguns. Os patos caminhavam se equilibrando ora em uma extremidade, ora em outra, e é verdade que o jeito de andar deles não era nem fino, nem elegante, nem bonito, mas se tratava de patos, cada animal tinha suas características, suas particularidades, e, se o andar dos gatos era muito mais sutil e insinuante, não podiam ser comparados, porque Deus ou a natureza tinham criado os dois diferentes, e as diferenças não eram melhores nem piores, eram diferenças. Eu não teria gostado de um mundo povoado só por patos ou só por gatos, embora o andar dos gatos fosse tão elegante. Observei meu pai. De fato, meu pai caminhava se equilibrando levemente em um pé e logo no outro. Uma maneira de andar como qualquer outra, mas que evidentemente irritava minha mãe. (Ela era esbelta, graciosa, bela dama genovesa. Não nasceu em Gênova, mas seu pai sim.) Eu me observei caminhando em frente ao espelho (odiava os espelhos porque me devolviam uma imagem que minha mãe considerava parecida com a do meu pai, embora eu não encontrasse a mais remota semelhança). Efetivamente: eu também caminhava balançando os quadris, ora me apoiando em uma perna, ora na outra. Dediquei as tardes de um inverno e sua correspondente primavera para tentar modificar meus passos, mas foi em vão: era muito mais cômodo caminhar equilibrando as pernas, e me sentia muito estranha se fazia de outra maneira. Mas meu andar começou a me parecer muito feio, igual ao de um pato, segundo a comparação da minha mãe. E eram em vão os esforços para modificá-lo, o que aumentava o rancor pelo meu pai, que o introduziu nos meus genes, embora minha mãe afirmasse que se tratava de imitação. Como eu ia imitar aquilo que odiava? Só muitos anos depois descobri que esse andar balançando os quadris correspondia, no meu caso, a uma escoliose muito aguda que nenhum médico detectou a tempo, que me causaria muitas dores, e que de maneira espontânea os quadris tentavam compensar o desvio da coluna. Nunca soube se meu pai sofria da mesma malformação, e em todo caso o dado teria parecido irrelevante, ou teria me provocado mais amargura contra ele.

Eram essas as semelhanças que minha mãe encontrava em você e em mim e por isso me repreendia? Certamente havia outras mais importantes, mas que eu nem chegava a perceber. E essas outras que não notava eram as piores, justamente porque eu não tinha consciência delas. Eu te observava — apesar do incômodo que você me causava — para acentuar as diferenças, para que não houvesse lugar a equívocos e para deixar de ouvir a horrível frase: "Você é igual ao seu pai", que me condenava ao ostracismo, ao desgosto da minha mãe, mas, embora tenha chegado a odiar cada um dos traços do seu caráter (a melancolia da qual você só escapava em arroubos de violência, o monótono silêncio no qual você se confinava como se nos depreciasse, a tristeza permanente dos seus olhos, a ausência de sorriso, a teimosia, a mentira), não encontrava sua réplica na minha forma de ser. Talvez eu só me parecesse com você na violência, mas com uma profunda diferença: eu só era violenta com você, contra você, enquanto você era violento até com os animais.

Minha mãe ignorava meus silenciosos esforços para superar a suposta semelhança com meu pai, a luta interior que eu travava contra os impulsos, os instintos que podia ter herdado dele, por isso me parecia muito injusta a repetição da frase: "Você é igual ao seu pai", que me condenava ao fracasso mais completo. Durante muito tempo, dirigi a fúria que essa frase me causava contra você, contra mim, por nos parecermos aos olhos da minha mãe. Mas em uma clara tarde de verão, quando minha mãe, a propósito de não sei o quê, voltou a repeti-la ("Você é igual ao seu pai"), de repente tive uma inspiração. "Ao seu marido, você quer dizer. Se me pareço com meu pai, a culpa é sua por ter se casado com ele. Eu não pedi para nascer." Não havia pensado antes nessa frase, e ela surgiu subitamente, como um tardio mecanismo de defesa. Mas surtiu efeito. Minha mãe me olhou, assombrada, e se calou. Continuei fazendo minhas coisas. Mas soube que algo tinha mudado entre nós. A partir desse momento, ela não voltaria a me fazer sentir culpa por algo que escapava à minha vontade. Na verdade, eu não sabia se me parecia com meu pai, e talvez ela tivesse um pouco de razão, mas os filhos não escolhem seus pais, nem escolhem se parecer ou não com eles e, em todo caso, se você era meu pai, foi porque ela quis. ("Não quis", ouço-a dizer. "Teria preferido não ter filhos.")

Se minha mãe não repetiu a repreensão, o mal-estar, em troca, continuou latente em mim. Sempre tive medo de me parecer com você e, no fundo, sempre pensei que me parecia com você; o pior não era, talvez, ter herdado algum dos traços do seu caráter (e se foi assim consegui eliminá-los, torná-los irreconhecíveis), mas sim sua solidão, seu fracasso, sua orgulhosa tristeza.

Passaram-se muitos anos desde então. Você morreu quando eu tinha vinte e cinco anos e minha mãe não voltou a te mencionar pelo resto da vida, como se você nunca tivesse existido. Mas há poucos dias, pela primeira vez (quando fez oitenta e cinco: trinta anos depois da sua morte), minha mãe me disse, por telefone (eu estava em Barcelona; ela, em Montevidéu): "Você é igual ao seu pai. Viciada em trabalho", e eu sorri. Tudo bem, a frase voltava, mas agora pelo menos eu sabia o que ela queria dizer. Nunca fui viciada em trabalho e minha mãe voltava a se equivocar, mas te juro, papai: entre todas as semelhanças possíveis que não temos nem nunca tivemos, o vício em trabalho é a menor delas.

Não te amei. Não pude te amar. Não é possível amar alguém que causa tanto dano, mesmo que seja um dano inconsciente. E o fato de que eu não te amava te tornava mais hostil, mais violento, mais perseguidor, mais tortuoso, mais fracassado e mais solitário. Em vez de amor, você obteve meu terror. É um antigo e pavoroso recurso: aqueles que não conseguem ser amados às vezes conseguem ser temidos. Suas tentativas de sedução eram tão violentas quanto a vingança por sentir-se rejeitado. Eu só queria que você me deixasse em paz, que se esquecesse de mim, mas você não estava disposto a isso, como se uma força obscura te conduzisse ao inevitável fracasso, como se, ao desejar ser amado, você tivesse se precipitado ao ódio. Foi uma luta violenta, cruel, desproporcional, como qualquer luta entre um homem e uma menina. Eu te enfrentava tremendo, mas te enfrentava, e isso te irritava ainda mais, era algo que você não podia tolerar. Das mulheres que amava, você sempre exigiu submissão, e nunca conseguiu, nem através da violência, nem através da sedução. Você teve que morrer para que tanta paixão equivocada se tornasse compaixão e para que suas três mulheres (sua esposa e as duas filhas) te dessem algo do afeto que você não recebeu estando vivo e saudável.

Às vezes, ao me olhar no espelho, me pergunto se ainda nos parecemos em algo. Como você, sou uma viciada, não em trabalho nem em bebida, mas sou uma viciada. Como você, tenho a pele branca e os cabelos lisos. Como você, me deprimo muitas vezes (sua vida foi uma longa, única e constante depressão), mas outras vezes sorrio, sou feliz. Talvez eu compartilhe com você a tendência à solidão, ao isolamento, e, como você, às vezes minto, mas procuro não causar medo às pessoas que amo, e especialmente: não desejo o amor de meninas pequenas.

O ORFANATO

A qualquer momento me levariam ao orfanato e me deixariam ali abandonada para sempre. Eu não sabia o que era o orfanato, mas não devia ser nada bom, pois se tratava de um horrível castigo que se impunha às meninas que se comportavam mal, como eu. Imaginava que também aos meninos, já que vivíamos em um país muito civilizado e moderno, onde as escolas, os colégios e as instituições eram mistos. E mistos queria dizer meninos e meninas. O orfanato planava sobre meu futuro como uma águia obscura, de enormes asas azuis. Como um pássaro de mau presságio. Naquela época, tudo parecia vir pelo ar: as cegonhas traziam os recém-nascidos de Paris, os pombos transportavam as mensagens de um lugar a outro e o ameaçador chicote de camurça pendia da parede, sempre a ponto de se desenganchar, em um voo estalante, brandido pelo meu pai, de modo que eu podia supor que, se fossem me levar ao orfanato, seria no bico horrivelmente curvo de uma águia. Fosse como fosse, meu destino parecia ser o orfanato. A princípio, tive muito medo. Nem sequer me atrevia a perguntar o que era. Tentei me corrigir, mas não sabia muito bem que coisas tinha que mudar para evitar esse destino, dado que a temível sombra do orfanato pairava sobre mim a cada tanto e por motivos muito diferentes. Podia deixar de responder aos mais velhos, talvez, se eu tapasse a boca com um pano ou com um esparadrapo, ou apertasse bem os lábios para que as respostas não escapassem involuntariamente como pássaros confinados em uma jaula; podia tentar tomar o repugnante leite transbordante de nata espessa que me serviam no café da manhã ou no lanche (e que terminava quase sempre na tigela do cachorro ou do gato, quando não no ralo); podia, talvez, ler um pouco menos, mas havia coisas às quais não estava disposta a renunciar de nenhuma maneira, como assoviar ou subir nas árvores. Gostava de escalar árvores e passava a maior parte do meu tempo livre na torre de vigília dos galhos. Eu era muito leve e muito ágil, de modo que não necessitava nem sequer de árvores muito resistentes ou frondosas. Com dois ou três rápidos movimentos, era capaz de me instalar sobre a antiga figueira e a partir daí conhecer o mundo. Era bom olhar o mundo de cima de uma árvore, protegida dos seus perigosos habitantes — os adultos — e em contato com as coisas sedosas e frescas, como as folhas do limoeiro, as pequenas flores de jasmim que perfumavam todo o ambiente, as ávidas e silenciosas minhocas capazes de devorar uma planta inteira em pouco tempo ou as galinhas cacarejantes, que ao entardecer pulavam até os galhos para fazer ninhos e dormir. O terreno dos fundos da casa da minha avó materna era grande como o Paraíso de que falavam na igreja, e, assim como o Paraíso de que falavam na igreja, estava povoado por animais diversos, em estado selvagem, que fugiam dos humanos e levavam uma vida solitária e perigosa, sempre vigiando, e sempre vigiados (um gato selvagem que roubava ovos e frangos, uma raposa ardilosa, astuta e simpática que assustava as galinhas e gostava de ração, uma avestruz gorducha que criei com um amor não correspondido: um dia me mandou escada abaixo com uma grande patada e continuou impávida, comendo a corrente de ouro que roubou do meu pescoço). A terra do Paraíso era preta e brilhante como o ébano porque era abundantemente regada pelas copiosas chuvas do ano todo; a grama e as plantas cresciam em desordem porque o Senhor não tinha sido avarento, e era uma terra rica, perfumada, com cheiros violentos que se misturavam até confundir os sentidos: o cheiro de grama seca longamente ruminada do estrume, o aroma embriagador dos pequenos jasmins que entrelaçavam seus galhos até formar um ébrio telhado, o inconfundível cheiro das flores dos girassóis colocados para secar a fim de destilar óleo e o perfume açucarado, meloso, dos raminhos de glicínias que pendiam dos galhos como cachos de uva. No Paraíso havia as ervas daninhas e as ervas boas, as minhocas, os grilos, os vagalumes, as lagartixas, as abelhas, as borboletas e os cachorros sem dono.

O orfanato poderia vir até mim por responder à minha avó (uma lei não escrita e muito discriminatória proibia as meninas — e os meninos — de responderem aos mais velhos, e o mundo estava cheio de mais velhos), por querer usar calça no lugar de *pollera* (palavra horrível que se empregava no lugar de *falda*;* não muito melhor, mas reservada exclusivamente para determinado corte de carne de vaca), por ler livros inapropriados para minha idade, por brigar com minha irmã, por quebrar um jarro, por roer as unhas ou por jogar futebol com os rapazes da vizinhança.

Por tantos motivos pairava sobre meu futuro a terrível sombra do orfanato, que comecei a pensar nele como meu destino natural e inevitável. Como os doentes incuráveis que primeiro se rebelam contra a doença, mas logo a aceitam e aprendem a conviver com ela, eu me resignei a ir para o orfanato, a qualquer momento, como consequência dos meus terríveis defeitos.

---

* Tanto a palavra *pollera* quanto *falda* significam "saia" em castelhano, embora a primeira seja mais usada na região do Rio da Prata (onde se encontra Montevidéu) e a segunda seja mais comum na Espanha. *Falda* também se refere a um corte de carne de vaca. (N. T.)

Posto que meu destino era o orfanato, tentei saber algo sobre ele. A primeira coisa que me disseram foi que se tratava de um lugar habitado por meninos e meninas órfãos. Bem, eu não era órfã, embora muitas vezes tivesse pensado na possibilidade de sê-lo e talvez assim tivesse escolhido. Também me disseram que no orfanato viviam crianças que haviam sido abandonadas pelas suas famílias, fosse porque não podiam mantê-las ou porque não gostavam delas. Imaginei uma enorme e velha casa de cor cinza e altíssimos muros de pedra, cheia de meninos e meninas tristíssimos, que, como castigo pelos seus horríveis erros, eram impedidos de sair na rua, ir à escola, ler livros, desenhar e até falar entre si. Uma prisão de silêncio, de clandestinidade, um suplício contínuo.

Essa ideia me fazia tremer, me enchia de horror, mas, se era meu destino, o castigo justo dos meus inumeráveis defeitos, teria que aceitá-lo com resignação.

Tentei averiguar se alguém havia conseguido escapar do orfanato, mas quanto a esse ponto não havia nenhuma informação disponível. Em primeiro lugar, eu não tinha certeza de que o orfanato consistia efetivamente em uma casa. Podia ser uma ilha perdida no oceano, e eu não sabia nadar. Ou talvez o orfanato ficasse em outro país, muito distante, do qual, se um menino ou menina abandonados conseguisse fugir, não saberia como voltar.

Meu futuro se mostrava difícil, sem dúvida. Como eu tinha um profundo instinto de abastecimento, comecei a armazenar, em um velho e decrépito galpão com paredes e teto de zinco que ninguém usava, todas aquelas coisas, objetos e utensílios que poderiam servir — pensava — para enfrentar meu fatídico futuro. Eram muitos e de natureza muito diversa, dada a escassa informação que eu tinha sobre o orfanato. Esse instinto de abastecimento me fez acumular muitas coisas, porque ninguém sabe com precisão o que pode ser útil na adversidade. Cavando (os maiores tesouros estavam escondidos embaixo da terra e tinham que ser obtidos com pá e picareta, como se fossem pedras ou metais preciosos, ou seja, com o suor da testa), que era minha forma predileta de abastecimento, obtive uma velha tesoura de costura, cega e enferrujada, que guardei imediatamente para afiar com uma pedra quando tivesse tempo; cinco moedas antigas, aparentemente de ouro, que me apressei a envolver em um grande lenço de nariz (por conta dos meus numerosos e contínuos resfriados, estava sempre bem guarnecida de grandes lenços brancos, de tecido, adornados com bordas coloridas); um saca-rolhas de metal, em bom estado, embora coberto de ferrugem; um abridor de latas em forma de chave e com uma ranhura no meio; duas boleadeiras de pedra, cinza, das que serviam para caçar avestruzes ou domar potros; um pente de marfim do qual faltavam só quatro ou cinco dentes; o fiel de uma balança romana, bastante mofado, mas que poderia servir como um instrumento de legítima defesa; uma navalha com cabo de madrepérola e um pequeno entalhe na borda; um vidro verde muito polido que certamente tinha sido parte do casco de uma garrafa; vários pregos enferrujados e retorcidos que sempre poderiam se endireitar com um bom martelo; uma série de porcas e algumas arruelas de aço, de diferentes tamanhos, muito úteis para apertar parafusos. Tive que subtrair outros artigos habilmente do interior da casa da minha avó, sem que se dessem conta. Surrupiei uma caixa de fósforos da marca Luna (tinha uma linda paisagem desenhada na parte superior: o perfil preto de um homem sentado sobre um montinho, o céu azul, a lua muito branca, muito serena), roubei uma faca de mesa com a borda irregular que ninguém mais usava para cortar alimentos, expropriei uma colher de pau com o cabo meio chamuscado, um abridor com muitas funções, que incluía uma pequena lixa e uma chave de fenda, e me apropriei da peça mais valiosa, um verdadeiro tesouro para qualquer explorador ou menina destinada a um orfanato: uma lanterna de mão, carregada a bateria, que fornecia uma luz amarela muito difusa, mas imprescindível na escuridão. Não era a mesma coisa ser internada em um orfanato, vivendo em meio à pior das trevas, e ter escondida no bolso da saia uma lanterna, com a qual eu podia iluminar o chão, o teto, as paredes ou o espaço indeterminado do orfanato, fosse qual fosse. Além disso, a lanterna me oferecia a possibilidade não apenas de me orientar, mas também de ler, e eu tinha certeza de que em algum lugar do orfanato poderia encontrar uma inscrição, um mapa, alguma indicação de como fugir ou a fórmula para permanecer sem demasiado sofrimento. Entre minhas numerosas provisões figuravam, também, várias bolinhas de gude coloridas (fundamental na economia do escambo infantil e nas brincadeiras. Quem sabe as coisas que poderia obter no orfanato em troca de duas ou três bolinhas de gude com reflexos: biscoitos, chocolate, uma revista, umas meias de frio) e vários metros de barbante. Quanto ao barbante, não pude obtê-lo todo de uma vez, porque ele era rigorosamente controlado pela minha avó. Os metros que consegui reunir foram obtidos por um longo e paciente trabalho de coleta de pequenos fragmentos descartados pelos habitantes da casa. Quando eu via que alguém jogava no lixo um pedaço de fio, dissimuladamente procurava guardá-lo escondido no bolso. À noite, na escuridão do meu quarto, examinava os frutos do dia: pedaços de barbante de diferentes tamanhos e grossuras que ia unindo com pequenos e precisos nós, para que formassem uma extensa unidade, que eu tensionava várias vezes, para testar sua resistência. Também me apropriei de uma velha armadilha de madeira para caçar ratos, dotada de um pequeno dispositivo de metal, porque suspeitava que, caso se tratasse de uma casa, o orfanato devia estar cheio de ratos. Eles não me davam medo, pelo contrário, me inspiravam simpatia e curiosidade, mas se o orfanato era o lugar sinistro que me haviam contado era preferível ir munida de uma armadilha para caçar ratos. Se eu não podia comê-los (possibilidade que me provocava um pouco de nojo), sempre podia empregá-los como moeda de troca na economia infantil: uma vez, por um ratinho morto, consegui em troca uma gaita de sete furos. Como eu era a encarregada de alimentar diariamente as galinhas, tive a oportunidade de afanar uma parte das porções para minha futura vida no orfanato. Não tinha a menor ideia se no orfanato davam comida às crianças ou as deixavam morrer de inanição, embora eu já houvesse demonstrado ao longo da vida uma grande resistência à fome. Minha natureza abastecedora me obrigou a acumular algumas provisões. As galinhas, como todo mundo sabe, são animaizinhos muito comilões: eu estava acostumada a dar-lhes todos os desperdícios e sobras da comida dos mais velhos: cascas de batatas, de laranjas, de maçãs, pedaços de pão, de biscoito, folhas de alface, pele de tomate, de pêssego, caroços de azeitona e gordura de presunto. Além de todos esses desperdícios, uma ou duas vezes ao dia eu tinha que acrescentar algumas porções de grãos de milho dourado e punhados de aveia moída. As galinhas comiam tudo com grande voracidade, e assim estavam: grandes, gordas, luzindo uma plumagem abundante e colorida, com a crista bem vermelha. Botavam uns ovos de bom tamanho, de casca rosada, em cujo interior flutuava a gema amarela, às vezes dupla. E cacarejavam muito longe dos ninhos, com a vã esperança de que eu não encontrasse os ovos escondidos entre as pedras e o mato do galinheiro. Bem, decidi guardar em um pote de café vazio uma pequena parte da porção diária de milho e de aveia, para ter com que me alimentar no orfanato. Nunca havia comido milho — eu não era uma galinha —, portanto tentei provar os duros grãos crus, mas, apesar da minha perseverança, achei-os intragáveis. Então me lembrei da pipoca que tinha visto venderem na porta do cinema, em algumas das minhas fugas pela rua. Foi minha primeira introdução à gastronomia. Deduzi que a pipoca devia ser cozinhada com açúcar, mas como realizar o experimento sem ser vista? Não podia usar a cozinha da minha avó, de modo que procurei fazer fogo friccionando duas pedras. Depois de muitas tentativas fracassadas, por fim uma faísca saltou, e na terceira consegui que uma pequena coluna de fumaça acendesse o pedaço de jornal que tinha preparado para a ocasião. Depositei os grãos de milho em uma lata velha e esburacada, e, quando observei que começavam a esquentar, joguei um punhado de açúcar que havia roubado do açucareiro. Esperei o resultado. Não foi muito alentador. O fogo apagou quase imediatamente e, quanto aos grãos de milho, continuavam tão duros como no começo, só que agora pareciam levemente chamuscados. O açúcar tinha grudado em alguns deles, mas, embora seu aspecto fosse mais torrado, não adoçava o milho. Pensei que algo havia fracassado na minha receita, mas deixei para resolver o assunto mais para a frente. Já me sentia bastante satisfeita por ter conseguido um modesto fogo com as pedras. Era como a Eva primitiva: tinha que tentar de tudo, exercitar meu instinto. A vida de uma menina destinada ao orfanato era muito dura, intensa e nem sempre exitosa. Quanto à aveia, provei uma cumbuca dissolvida em água. Era francamente asquerosa. Como as galinhas podiam gostar daquilo? Bom, as galinhas também comiam minhocas, e eu, quando pequena, tinha provado uma minhoca e não gostei do sabor. Tudo era questão de se adaptar: talvez se eu acrescentasse algo à cumbuca com aveia — um pouco de açúcar ou um pedaço de gordura de presunto — ficasse mais saboroso. Em todo caso, no orfanato suspeitava que não estaria em condições de escolher.

Embora eu levasse uma vida aparentemente normal — ia à escola, fazia os deveres, subia em árvores, tentava destilar pétalas de rosa para fabricar perfumes, brigava com minha irmã, odiava meu pai, escrevia peças de teatro, escutava árias de ópera, tentava fabricar pólvora com uma fórmula que tinha encontrado em um livro, respondia aos mais velhos —, nunca esquecia que meu futuro era o orfanato, e essa ideia, no fundo do meu pensamento, me fazia estar muito atenta a qualquer coisa que pudesse aparecer e ser útil para minha vida futura.

Uma manhã, quando me dirigia à escola (minha casa não era muito distante e me deixavam ir sozinha), de repente avistei um grupo de meninos e meninas que caminhavam em fila, de mãos dadas, guiados por uma mulher mais velha. (Na época, para mim, uma mulher mais velha devia ter uns vinte anos.) Todos estavam vestidos da mesma maneira: com horríveis uniformes cinza, abotoados na frente. Eram meninos e meninas com o cabelo cortado muito curto, e, inexplicavelmente, me pareceram todos de pele amarelada. Não falavam entre si, marchavam em fila, pareciam tristes e obedientes. Meu coração palpitou com força. Recebi uma espécie de revelação: esses deviam ser meninos e meninas do orfanato. Caminhavam devagar, de maneira ordenada, e pareciam olhar sem curiosidade, como se estivessem cegos. A mulher que os guiava não prestava muita atenção (eram silenciosos e submissos) e de repente ela se deteve em uma esquina, conversando com outra. A fila também parou, sem que os meninos e as meninas se separassem ou olhassem para o outro lado. Então, rapidamente, me aproximei do último da fileira. Era um menino de uns seis anos, com o cabelo cortado à escovinha, olhos escuros, olhar triste e lábios muito finos.

— Vocês são do orfanato? — perguntei intempestivamente, cheia de ansiedade. Enfiei a mão no bolso direito do meu uniforme, onde sempre guardava meus tesouros mais preciosos, meus pertences mais queridos, e tirei uma bala redonda de morango, dessas de chupar. Tinha me custado a fortuna de duas bolinhas de gude verdes de vidro, com uma faixa rosada no centro, como os olhos de um cego. Tinha comprado a bala de Germán, um negociante acumulador e astuto, filho do lojista catalão, que sempre tinha doces, chocolates e balas, além de patas de rã ou de coelho, grilos em garrafas, vagalumes em caixas de fósforos e borboletas espetadas em alfinetes.

Negociar com ele era difícil, mas eu não ficava atrás na mania colecionista. Dei a guloseima rapidamente ao último menino da fila. Ele aceitou, um pouco assombrado.

— Isso se chupa assim — eu disse, desembrulhando o papel e fazendo o gesto de introduzir a bala na boca. — Você é do orfanato ou não? — repeti, inquisitorialmente.

— Sim — me disse o menino, pegando com delicadeza a bala redonda, observando-a e levando-a à boca.

— O orfanato é uma casa grande? — perguntei.

Assentiu com a cabeça enquanto saboreava a deliciosa bala.

— Batem em vocês? — perguntei, aterrorizada.

— Às vezes — me disse. — Mas não muito forte.

— Você pode fugir do orfanato? — perguntei, cheia de esperança.

Ele me olhou muito surpreso.

— E para onde eu iria? — me respondeu, com melancolia. — Uma vez eu fugi. Não foi muito difícil. Subi no muro me apoiando em duas crianças que me seguravam, pulei para a rua e fui andando, ao lado dos carros. Ninguém saiu para me procurar. Fiquei dois dias dando voltas — me disse. — Depois, voltei. Não sabia aonde ir e fazia muito frio. Vi algumas coisas lindas — me disse. — O estádio, os cervos no parque. Mas não venha para o orfanato — me recomendou. — As paredes são sujas, tem piolhos e ninguém vem te visitar.

— Eu vou te visitar — falei, e lhe dei tudo o que tinha no bolso direito: dois ou três pedaços de giz colorido, um lápis, uma caixa de fósforos que ao ser aberta tocava as primeiras notas de "Para Elisa", de Beethoven, um bloco de notas com muitas páginas em branco, uma lâmina de barbear com pouco uso e algumas figurinhas. Antes de ele ir embora, perguntei como se chamava. Me disse que Mario.

Essa tarde, quando voltava da escola, encontrei minha mãe, que estava alfabetizando a filha de uns italianos recém-chegados ao bairro, "com uma mão na frente e outra atrás", como chegavam todos os emigrantes. Fui até meu quarto, peguei a grande caixa onde guardava todos os meus pertences, todos os meus bens, todos os meus tesouros, e voltei rapidamente para a sala. A lição do dia já tinha acabado.

— Quero ir para o orfanato — disse, de súbito, com a caixa na mão e a disposição no rosto.

Ela me olhou assombrada.

— Não me parece um lugar ruim — eu disse —, e está cheio de meninos e de meninas sozinhos, vestidos de cinza. Quero levar minhas roupas e brincar com eles — acrescentei.

Ela entendeu imediatamente. A maior virtude da minha mãe sempre foi entender tudo imediatamente.

— Muito bem — me disse. — Vamos no sábado. Você vai poder levar tudo o que quiser para eles: suas roupas, seus livros, seus tesouros. Mas nem pense em ficar lá — acrescentou. — Não poderia suportar a vida sem você.

A revelação me deixou atônita. Acabava de compreender um dos mecanismos mais cruéis dos adultos: assustar os mais fracos, aterrorizá-los. E um dos mecanismos mais complexos de defesa: escolher aquilo que nos querem impor como um ato de liberdade, não como um castigo.

Minha avó tinha preparado uma caneca de café com leite para mim. Eu sabia o que acontecia quando me negava a tomar o café com leite: ameaçava me levar para o orfanato.

Eu me sentei à mesa. O café com leite fumegava. Mais uma vez esse horrível cheiro de leite fresco, com pelos pretos de vaca flutuando, como peixes mortos no lago.

Dei um gole e a náusea me invadiu como sempre. Pus a caneca de lado. Minha avó me olhou ameaçadoramente.

— Não vou tomar o café com leite — disse. — A nata me dá nojo e eu não gosto do cheiro. Quanto ao orfanato, vou no sábado com minha mãe. Mario está me esperando — acrescentei.

A SALA DE VISITAS

Na época, as casas de família — como a da minha avó e das minhas tias-avós — tinham uma sala de jantar do dia a dia e uma sala de jantar "para as visitas", a grande sala da casa, que era aberta poucas vezes ("as visitas" eram invisíveis, intangíveis, inapreensíveis). Eu perguntava, com frequência, "Quando as visitas vão vir?", e recebia respostas vagas e imprecisas. Passei muitas tardes esperando essas "visitas" misteriosas, que nunca chegaram a aparecer, mas que seriam recebidas na solene sala de jantar fechada, com os móveis cobertos por lençóis, para evitar a poeira, o grande espelho de parede, a cristaleira com as taças de vinho e de champanhe que eram limpas uma vez por semana, embora ninguém as usasse, os grandes sofás macios forrados de cretone com desenhos de plantas e flores exuberantes e o conjunto de chá de prata. O conjunto de chá de prata era o tesouro mais valioso da casa, com seu volumoso bule no centro, a bandeja brilhante que refletia os pires, as xícaras, o açucareiro e as pequenas colheres. Cada peça tinha que ser lustrada com Bristol, um líquido que soltava um cheiro forte e desagradável, mas logo depois esfregavam o bule, as xícaras, os pires, as pequenas colheres com uma flanela limpa e eles começavam a reluzir, signos de um antigo esplendor, sinais de uma riqueza que eu não sabia se alguma vez havíamos tido ou era apenas uma aspiração. Nas frias tardes de inverno, quando o vento golpeava as persianas, uivava entre as árvores, e a chuva, densa e universal como no dilúvio bíblico, inundava os bueiros, incapazes de conter tudo que a água arrastava (as laranjas caídas das árvores, os troncos dilacerados, as raízes deslocadas, os papéis que voavam como pássaros loucos, os cachorros mortos, os postes de luz quebrados), às vezes me deixavam entrar na sala de jantar das visitas, única e solitária habitante desse museu familiar cujos segredos eu ignorava. Porque meus familiares maternos, embora fossem descendentes de emigrantes italianos, jamais falavam do passado, como se sempre houvessem estado ali, em Montevidéu, como se a emigração não tivesse existido, nem outra cidade, nem outro país, nem outro continente. Nunca ouvi falar da Itália nem de Gênova — a cidade de onde haviam partido meus bisavôs —: instalados no presente eterno, qualquer alusão às origens havia sido apagada da vida deles, da sua memória, do seu pensamento. Eu tinha a sensação de que haviam nascido ali, não somente a minha avó e todas as minhas tias-avós e os meus tios-avôs, mas também seus pais, e os pais dos seus pais. Qualquer alusão ao passado, na minha família, parecia desnecessária, inadequada e desinteressante. Estávamos ali, éramos o que éramos e não havia mais nada a dizer. O silêncio que guardavam acerca das suas origens, dos seus antepassados, tampouco parecia um pacto, em uma família em que as alianças eram muito efêmeras, se faziam e se desfaziam a cada dia, segundo as paixões do momento — só muitos anos depois eu compreenderia que o temperamento passional de muitos deles, e possivelmente o meu, tinha a ver com os genes italianos. Por outro lado, em uma cidade como Montevidéu, formada por milhares e milhares de emigrantes, onde o lojista polonês era vizinho do sapateiro armênio, este do carvoeiro italiano, o açougueiro era espanhol, o dentista iugoslavo, o atendente alemão e o marceneiro bielorrusso, o fato de que minha avó tinha nascido em Montevidéu, e tam-

bém suas três irmãs e seus quatro irmãos, nos conferia uma legitimidade desconhecida no resto do bairro: éramos uruguaios de duas gerações, algo pouco frequente. Creio que isso era parte do orgulho da família: se sentiam uruguaios, não tinham acabado de descer de um navio espanhol lotado de espanhóis nem de um navio italiano repleto de imigrantes, não haviam escapado de um campo de concentração na Polônia ou na Tchecoslováquia nem da guerra entre turcos e armênios. O mais longe que eu podia ir na história da família era minha avó materna, María Luisa, a mais velha de oito irmãos, quatro mulheres e quatro homens, meus tios-avôs e tias-avós, que eu chamava simplesmente de tios e tias, e que, quando nasci, viviam todos juntos no grande casarão de Reducto.*
Era uma casa construída pelo meu bisavô (informação que obtive com muita lentidão e dificuldade. Para que falar do passado?, era a oculta convicção da minha família, único tema em que todos pareciam tacitamente de acordo) com muito poucos recursos. A princípio era para ser uma casa grande, sem qualquer luxo, mas com um abundante terreno baldio no fundo, de modo que com o tempo pudesse crescer em qualquer direção, para abrigar os numerosos descendentes. Mas a morte prematura do meu bisavô e da minha bisavó (acontecimento a respeito do qual ninguém fornecia a mínima informação, convencidos de que era supérflua e desnecessária) os havia deixado órfãos, sozinhos e na pobreza. Se meu bisavô — morto prematuramente — havia sido o construtor da casa que abrigava cinquenta anos depois toda a família, deduzi que se tratava de um pedreiro, no mínimo. Um pedreiro italiano emigrado em um navio que atracou em Montevidéu. Havia emigrado sozinho ou acompanhado? Quantos anos tinha quando partiu de Gênova? Eram perguntas que às vezes

---

* Bairro de Montevidéu. (N. E.)

eu me fazia, mas sem nenhuma urgência nem inquietude: eu também compartilhava o sentimento sedentário e arraigado da minha família, a convicção de pertencer à terceira geração de uruguaios me proporcionava as raízes das quais careciam a maioria dos meus vizinhos ou meus colegas de escola, pública, laica e gratuita. E de que tinha morrido minha bisavó, quase ao mesmo tempo que ele, deixando todos sozinhos, na pobreza, oito irmãos pequenos, sem parentes, sem ninguém que os acolhesse, que os mandasse para a escola, que os ensinasse a estudar ou a trabalhar? Não creio ter feito a pergunta mais de uma vez — dado que compartilhava o desinteresse pelo passado de toda a minha família —, mas, quando a fiz, me falaram de uma peste geral, a tuberculose ou algo assim, que assolou a humanidade e provocou inumeráveis mortes, tanto quanto uma guerra, disse minha avó. Perdi o interesse pela questão. Quando nasci, tinham descoberto a penicilina, e esse parecia um remédio eficaz para combater quase todas as pestes: à penicilina eu devia a vida, também, depois de ter contraído tuberculose aos quatro anos.

O piso da sala de jantar das visitas era de madeira, como o dos quartos das minhas tias-avós, e ao entrar eu tinha a sensação de acessar uma espécie de museu, com peças antigas e desconhecidas por mim, cujo descobrimento me provocava um intenso prazer (é possível que minha afeição aos museus e ao colecionismo venha daí, mas essa dedução é simples demais). Deslumbrada pelos objetos (as duas taças de ovo de prata dourada com delicadas linhas entalhadas: só muitos anos depois soube que eram de design modernista; o grande estojo de couro forrado de tafetá vermelho onde guardavam as cinquenta e duas peças do faqueiro de prata; o enorme aparelho de rádio, mais alto que eu, em cujo interior eu podia me esconder e mexer nas suas grandes lâmpadas e velas, seus numerosos cabos de diferentes cores; e o vaso chinês, com a tampa no formato de um esplêndido seio amamentador), sentia uma espécie de devoção que só podia experimentar na igreja, nos dias de missa solene, ou anos depois, nas cerimônias eróticas, no sagrado momento em que a mão desliza sobre a própria pele, lentamente, descobre um ombro, mais lentamente ainda desnuda um peito e o vestido cai, como uma cortina, para que o corpo, com toda a sua voluptuosidade, nos transporte para um tempo sem tempo, para um espaço sem espaço, único instante de eternidade e de transcendência para quem pratica somente a religião dos sentidos. A devoção durava um momento, enquanto acessava aquela espécie de templo escuro que era a sala de jantar das visitas. Creio que desde então sinto um enorme respeito pela penumbra. A luz achata, aplana as coisas, os objetos; ao iluminá-los, curiosamente, os borra. Sabiam bem disso os construtores de templos de todas as religiões: na escuridão, só iluminada pela luz de velas, o espaço adquire solenidade, a liturgia comove, nos faz mais sensíveis, mais vulneráveis, e propicia a fantasia, a magia. (Fazer amor com a luz do centro do quarto é um sacrilégio: não há beleza que resista à iluminação de cada linha, de cada curva; fazer amor na escuridão absoluta nos devolve à condição primitiva, animal, portanto, desajeitada: ninguém está livre de afundar o cotovelo no osso do peito de seu parceiro. Fazer amor na sábia penumbra das velas engrandece o ato, sacraliza-o, aprofunda-o, perseguimos a sombra do nosso desejo, que é, além do mais, o único que podemos perseguir, estamos em permanente aproximação daquilo que escapa com a luz que cintila). Uma vez vencida a devoção (em algum momento temos que deixar de adorar o corpo que despiu-se do vestido com a atenuação da orquestra, na obertura da ópera; em algum momento temos que nos vestir, falar, comer, dizer banalidades: princípio de realidade ao que estamos condenados por não habitarmos o Paraíso, por sermos humanos, ou seja, suscetíveis de morrer, de adoecer, de enlouquecer, obrigados a trabalhar, a prosperar, a desistir, a sofrer, a não saber), eu me dedicava a examinar os objetos ou a brincar com eles, passando do tratamento reverencial ao sádico: enquanto os objetos resistem a nós, os veneramos; quando os possuímos, os destruímos. Talvez o que mais me perturbasse na sala de jantar das visitas não fosse a ausência de visitas, nem a penumbra, nem o fato de que algumas gavetas estivessem sempre fechadas, mas sim um grande quadro que ocupava parte da parede. Era uma cópia sem assinatura de alguma obra famosa. Representava um almoço no campo. Mas não era o campo uruguaio, plano, despido, despovoado, ermo; tratava-se de um bosque frondoso, de árvores muito grandes e altas, entrelaçadas entre si. A paisagem multicolorida, densa, úmbria, provocava uma sensação de frescor e de mistério ao mesmo tempo, e ocupava a parte superior do quadro e as laterais, mas no centro havia um grupo humano almoçando. O grupo era formado por vários homens, elegantemente vestidos de fraque ou de terno preto e cartola, como se em vez de um almoço campestre estivessem no palco de um teatro, na ópera ou em um salão de festas. No meio deles havia uma só mulher, jovem, bela e completamente nua. O contraste era manifestamente violento, como se o pintor quisesse sugerir algo, algo que era muito importante, sem dúvida, e que me provocava uma profunda perturbação. Por que a mulher era a única nua no meio daquele grupo de homens completamente vestidos, elegantemente vestidos? Haviam se reunido para almoçar no campo e ao mesmo tempo desfrutar da companhia de uma garota bonita e nua? Que espécie de privilégio eram as roupas? Somente as pobres — as garotas belas e pobres — se desnudavam para servir de espetáculo aos homens que usavam fraque e comiam no campo, sendo elas parte do festim, parte do banquete? A cena desencadeava em mim uma série de pensamentos, dúvidas e incertezas difíceis de evitar; estava claro, por um lado, o contraste entre os homens completamente vestidos e a garota, bela, mas nua, como se fosse parte do banquete. Em primeiro lugar, eu me dei conta de que estar nua ou vestida era algo muito importante, significava muitas coisas; aqueles cavalheiros possivelmente eram ricos: a riqueza não se evidencia na nudez. Um homem ou uma mulher nus não delatam sua classe social; mas se há um grupo de homens vestidos e apenas uma mulher nua, o mais provável — pensei — é que os homens sejam ricos; e a mulher, pobre. Porque se ela fosse rica, estaria vestida, como eles. Haviam se reunido para comer e para desfrutar da beleza da jovem, o que indicava que, no fato de se estar vestido ou nu, o dinheiro tinha muita importância. Se um homem possuía muito dinheiro, por exemplo, podia fazer com que uma jovem pobre se desnudasse para ele. E ele permanecesse vestido. Isso significava que a nudez era pecaminosa? Significava que estar vestido era um direito, um direito obtido com dinheiro e que, quando queríamos dominar, ofender ou difamar alguém, obrigávamos a pessoa a se desnudar, como sinal da nossa superioridade? O quadro me irritava profundamente, e eu não compreendia como minha família, que se vangloriava por ser católica e cheia de pudor, exibia esse quadro na sala das visitas, um quadro que expunha claramente a inferioridade das mulheres pobres em relação aos homens ricos. Minha família estava de acordo com essa ordem mundial? O que eu devia deduzir da exibição desse quadro na sala mais importante da casa? Por acaso, no dia em que aparecessem as visitas e o contemplassem, não pensariam o mesmo que eu? Não se escandalizariam, ao compreender a desigualdade do dinheiro, da nudez, a inferioridade da mulher, mesmo que fosse a mais bonita? Tampouco gostava muito da sua expressão de passividade. Ela não se rebelava contra seu papel de carne jovem em exibição, como eu me rebelava. Eu tentava encontrar outra explicação para o quadro, algum sentido menos perverso, mas não conseguia. Estava bastante farta de comprovar o papel de vítimas passivas das mulheres nas histórias que me contavam, que eu lia ou via: o rapto das sabinas, o estupro de Leda, o martírio das santas, as adolescentes sequestradas para tráfico humano, tudo me fazia pensar que nascer mulher era perigoso, inferiorizante e desigual. Por fim, decidi encarar minha avó com o assunto do quadro.

— Por que temos esse quadro na parede da sala? — perguntei.

— É a reprodução de uma pintura muito famosa — ela me respondeu.

— Mas tem uma mulher nua, e todos os homens estão vestidos — descrevi, queixosamente.

— O pintor pintou assim — ela afirmou, sem se alterar.

— E por que pintou assim? — eu quis saber.

— Não insista com os porquês — gritou minha avó. — Já te falei que é um quadro muito famoso. E isso não se discute. Não tem um porquê. É assim e acabou — determinou.

Mais uma vez, eu me deparava com a autoridade. A cada passo, topava com ela, e era uma autoridade que não precisava dar explicações. Aprendi que a autoridade se basta em si mesma, não necessita de consenso. E nós que a púnhamos em questão éramos rebeldes. Queríamos saber. Queríamos entender. Necessitávamos de explicações para aceitar a autoridade.

— Nunca vou me desnudar na frente de um grupo de homens vestidos — eu disse à minha mãe, naquela noite. Ela me olhou escandalizada. Certamente não se lembrava do quadro, ou o havia visto sem ver, como as pessoas mais velhas costumam olhar.

— E de onde você tirou isso? — perguntou minha mãe.

— Por causa do quadro — eu disse. — O quadro da sala de jantar das visitas. É um quadro muito famoso.

Minha mãe não conseguia se lembrar dele. Eu o descrevi para ela.

— Não sei como foi parar ali — me disse. — Mas você tem razão, é vergonhoso ver uma mulher nua rodeada de homens vestidos. Seguramente se tratava de uma prostituta.

— Existem prostitutos? — perguntei.

— Existem o quê? — repetiu minha mãe, alarmada. Decididamente, ela preferia não ter que falar de certos assuntos, nem comigo, nem com ninguém.

— Prostitutos — eu disse.

— Por que você não para de pensar nessas coisas?

— Só quero saber se também existem prostitutos — insisti.

— Não é da sua conta — irritou-se minha mãe —, e você não tem idade para isso ainda. — E deu o assunto por encerrado.

As ideias, pelo visto, também tinham idade. Mas para mim vinham sozinhas, sem perguntar minha data de nascimento.

Na outra parede da sala de jantar das visitas havia dois daguerreótipos cinzentos, com molduras ovais, em forma de espigas douradas. Fechavam perfeitamente o contorno alongado, como se fossem medalhões. Eu gostava de olhar para eles: irradiavam uma harmoniosa sensação de confiança, de serenidade. O da esquerda era do meu avô Carlos Alberto, como soube depois de insistentes averiguações. O que estava fazendo ali meu avô Carlos Alberto, guardado na sala das visitas, como se se tratasse de um mausoléu? Ninguém prestava atenção nele, e possivelmente eu não o teria feito se não fosse pela beleza translúcida do seu rosto. Meu avô Carlos Alberto e minha mãe compartilhavam o mesmo tipo de beleza, disso me dei conta muito depois; muito depois de admirar minha mãe pela sua beleza e meu avô pela dele. Mas para mim, na época, eram duas criaturas separadas, sem relação, porque para os meninos e as meninas os mortos estão muito mortos. Não significam nada, só importam os vivos. E meu avô materno tinha morrido fazia muitíssimos anos, uma quantidade impensável de anos para mim: quando minha mãe tinha cinco, quer dizer, a idade que eu tinha ao contemplar o daguerreótipo cinza da parede da sala de jantar das visitas. Até então, eu só havia sido sensível à beleza feminina, talvez deslumbrada pela da minha mãe (rosto branco, maçãs do rosto salientes, cabelos pretos e olhos violeta, "cor do tempo"), mas meu avô, sendo um homem, era verdadeiramente bonito. Muitíssimos anos depois aprenderia (porque nossa ignorância é um hímen muito grande e o perdemos muito lentamente, sem que a defloração jamais termine) que se tratava de um tipo de beleza genovesa, quer dizer, do lugar de origem de parte da minha família materna. No daguerreótipo, meu avô tinha os cabelos de um preto muito intenso divididos ao meio por uma risca à moda da época, o rosto branco quase transparente (o branco de porcelana que nos faria estremecer de desejo e emoção em Gina Lollobrigida — inesquecível tia incestuosa em um filme de Marco Bellocchio —, o de Silvana Mangano, quando era a musa de Luchino Visconti, ou o de Delphine Seyrig em *L'Année derniére à Marienbad*)*, as maçãs do rosto salientes, o queixo levemente partido por um delicado furo do tamanho da ponta de um dedo pequeno e olhos ternos, como bolas de gude transparentes: o violeta intenso que minha mãe herdaria e que eu só voltaria a ver em Elizabeth Taylor (especialmente em um estranho filme adaptado de um conto de Marco Denevi: *Cerimônia secreta*). A boca era perfeitamente desenhada, com o lábio superior apenas um pouco mais fino e sombreado por um delgado e elegante bigode preto. Era um rosto bonito e inteligente, bondoso, delicado e terno ao mesmo tempo. Um homem, sem dúvida, mas um homem suave, nada brusco nem grosseiramente viril. Muitas vezes contemplei esse daguerreótipo e, embora não tenha conhecido meu avô Carlos Alberto, lamentei muito que ele tivesse morrido tão jovem (aos trinta e três anos), vítima da peste que assolava todo o mundo: a tuberculose. Havia se casado jovem com María Luisa, minha avó materna, e tinham tido duas filhas, minha mãe, Julieta, minha tia Marta (quem lembra de seu verdadeiro nome, tia, se todo mundo te chamava

---

* Filme de Alain Resnais, 1961. (N. E.)

de Coca?), e um filho homem, Carlos Romeo Rossi, chamado de Tito. Quando os pais da minha avó morreram de forma quase simultânea (aquelas duas mortes misteriosas das quais nunca queriam falar), ambos tomaram conta dos sete irmãos que ficaram órfãos, desprotegidos, na pobreza. Meu avô — construtor e fabricante de mosaicos — foi aumentando a grande casa da família, e viviam todos juntos: os sete irmãos (quatro homens e três mulheres), mais o casal e seus três filhos. Não ouvi falar muito desse período, como de nenhum outro; só escutei que o avô Carlos Alberto adotou como um verdadeiro pai todos os irmãos e irmãs da minha avó, ampliou a casa, continuou fabricando azulejos e mosaicos, até que adoeceu, muito rápido; em menos de um ano, a morte levou todos os adultos daquela família, salvo minha avó, que, como uma gigantesca figura de proa, seguiu governando a casa, o navio, disposta a salvar de qualquer maneira seus filhos e irmãos.

O outro daguerreótipo era o de uma mulher de cara redonda, finos e escassos cabelos na cabeça, expressão triste e uns vinte e cinco anos de idade, calculei na época, embora ninguém possa confiar no cálculo de uma menina de cinco anos. Não parecia ter nada a ver com o avô Carlos Alberto, e, de fato, não tinha: tratava-se da minha bisavó materna, Marcela. Por que ambos os daguerreótipos estavam juntos? Eu não sabia, só sabia que os dois tinham morrido, e em um curto intervalo de tempo.

Sempre foi um mistério para mim a vida e a morte da minha bisavó. Seus filhos (minha avó e seus irmãos) não tinham interesse em falar dela, mas como tampouco falavam do seu pai, nem do resto dos seus antepassados, eu não notei nada de especial nisso. A história oficial da família, breve, direta e sem detalhes, determinava que a avó Marcela havia morrido poucos dias antes do seu marido, deixando definitivamente órfãos os oito irmãos, dos quais a mais velha era minha avó, já casada, e a mais nova, minha tia Tota (María Teresa), de seis anos de idade, só um a mais que sua sobrinha, minha mãe, filha da sua irmã María Luisa. De que tinha morrido minha bisavó Marcela? As escassas explicações eram vagas e pouco convincentes. "Não estava bem da cabeça", me responderam um dia, e isso pareceu suficiente. De modo que meu bisavô tinha morrido (quando?, de quê?) pouco depois da sua esposa, minha bisavó, que "não estava bem da cabeça". Quando minha tia-avó Rosa, uma das suas filhas, tinha algum ataque de nervos, gritava e chorava, queixando-se amargamente do seu destino, o resto da família espalhava rumores de que "não estava bem da cabeça", do que se deduzia que havia uma espécie de loucura familiar, hereditária, tão oculta quanto misteriosa. A loucura que tinha matado minha bisavó Marcela Frugone, uns dias antes de que morresse seu marido, meu bisavô Agustín Nocetti.

Não era difícil de imaginar, no entanto, quão duro foi para todos aqueles órfãos sobreviver, crianças ou adolescentes que ficaram a cargo da minha avó, a irmã mais velha, e do seu marido, Carlos Alberto, que contavam já com duas filhas e um filho homem. Mandaram os menores para a escola (laica, gratuita e obrigatória) e no resto do tempo faziam pequenas tarefas, que lhes proporcionava alguns trocados; os dois mais velhos, em vez disso, embora adolescentes, começaram a trabalhar como ajudantes em armazéns ou bares. Meu avô, com um sócio, fabricava azulejos e mosaicos, e possivelmente poderiam ter prosperado se a tão temida doença — a tuberculose — não o tivesse matado, como a tantos outros. O sócio desapareceu, levando consigo o pequeno capital da empresa e fazendo com que minha avó assinasse uns papéis que o transformavam no único proprietário. As mulheres sempre assinaram papéis que não deviam assinar, e assim foram enganadas por maridos, amantes, sócios e parentes. Possivelmente minha avó não tivesse a menor ideia do que assinou, nem tenha tido quem a assessorasse, de modo que entregou, sem saber, a pequena e única herança do marido morto. E ela teria que criar toda aquela família sem nenhum recurso.

Meu bisavô Agustín Nocetti — genovês — tinha fugido da fome e da miséria de Gênova — só soube muito tempo depois, quando eu tinha mais de trinta anos — com uma garota muito apaixonada: Marcela Frugone, que escapou com ele, a bordo de um navio que realizava a travessia Gênova–Montevidéu. Eram jovens, estavam muito apaixonados e esperavam encontrar no Novo Continente um futuro melhor que o da sua terra natal; muitos fizeram o mesmo, antes deles, e muitos mais o fariam depois. Nunca soube o nome do navio. A travessia durava, na época, mais de três meses, e eles viajaram amontoados na terceira classe, junto com as sacas de biscoitos de marinheiro, sal e farinha, rodeados de máquinas que consumiam óleo e exalavam um odor violento de gordura queimada. Na terceira classe não havia beliches, nem colchões, nem cobertores: dormiam todos juntos, sobre as tábuas do navio, cobrindo-se com seus casacos, mastigando pedaços de pão duro e coletando água de chuva nos chapéus. Os ratos passeavam entre os corpos adormecidos pela noite, e alguns os caçavam para jogá-los ao mar no dia seguinte, pendurados por um fio de esperança de capturar algum peixe para comer. O capitão — um homem bondoso, apesar da dureza de sua profissão, ou por isso mesmo — desceu ao porão, coberto de gordura e carvão, onde se distribuíam mais de duzentos italianos famintos, com roupas molhadas e malas feitas de papelão que a umidade tinha tingido de verde, e os casou, em uma breve cerimônia que os emigrantes aplaudiram emocionados, porque a gente humilde se emociona com essas coisas. Resistiam sem piar à fome, à sede, ao sol que lhes estirava a pele, ao sal que lhes queimava a língua; resistiam sem protestar às noites de chuva ao ar livre, à doença dos filhos, ao cansaço, à cegueira, à congestão pulmonar, mas quando um casal de jovens apaixonados se casava a bordo daquele barco sujo e superlotado, com sua pestilenta carga de emigrantes famintos, se emocionavam e choravam. Marcela Frugone, a genovesa de rosto redondo, cabelos finos grudados na cabeça, olhos tristes e pele muito branca, acabava de realizar seu sonho de se casar com Agustín Nocetti, jovem, robusto, filho de camponeses sem terra que havia prometido levá-la a um país onde seus filhos viveriam melhor, teriam uma casa própria, receberiam educação e nunca mais seriam perseguidos. Ele lhe disse, também, que na terra à qual chegariam — um país chamado Uruguai, cuja capital, Montevidéu, tinha um porto para navios de grande porte — se falava outra língua, o castelhano, muito parecida com o dialeto genovês. E, durante os três meses que durou a travessia, em meio à chuva que caía durante quatro ou cinco dias seguidos, ao frio que penetrava os ossos, à fome que sofreram quando acabaram os biscoitos, o pão e a carne conservada no sal, Agustín Nocetti dedicou-se a ler um livro em castelhano para sua jovem mulher, Marcela, mas ela estava tão apaixonada, que não ouvia nada, não escutava nada, só o olhava com seus grandes olhos cinza, como se o olhar fosse uma ponte, a ponte que a unia a ele e seu sonho de uma terra nova, uma terra quase despovoada onde seus filhos iam viver em liberdade, onde prosperariam, receberiam uma boa educação e não teriam que fugir nunca mais da fome nem da guerra; Marcela o olhava, apaixonada, e apesar de que ele insistisse: *"vaso, vaso"*, ela dizia *"bicchiere"*, e, quando ele tratava de ensinar-lhe *"mitad"*, ela pronunciava *"mezzo"*,* incapaz de compreender uma língua que não era a sua, incapaz de fazer outra coisa além de olhar para ele, estabelecer uma ponte com os olhos, com o

---

* *Vaso* e *bicchiere* significam "copo" em castelhano e italiano, respectivamente, enquanto *mitad* e *mezzo* querem dizer "meio" ou "metade". (N. T.)

olhar apaixonado, o olhar com que lhe pedia que não a abandonasse nunca, que a sustentasse, que a fizesse sua, que, se um dia tivesse de morrer, que ela morresse primeiro.

Minha bisavó não aprendeu castelhano nessa travessia, e creio que nunca aprenderia; mas, em troca, durante a viagem, ficou grávida do primeiro dos catorze filhos que teria nos quinze anos que durou seu casamento com Agustín Nocetti, e dos quais só sobreviveram oito. O ventre da minha bisavó era muito fecundo, e ele não fez nada para protegê-la das sucessivas e exaustivas gravidezes: do mesmo modo que aceitou que Marcela Frugone, sua apaixonada esposa, nunca aprendesse a língua do país a que chegaram, também aceitou os filhos que o destino — ele dizia Deus — lhe enviou, o que inevitavelmente levou ao infortúnio dela e da sua família. Porque, quando Agustín Nocetti adoeceu fatalmente — o violento coice que um cavalo lhe deu no rim resultou em um câncer —, sua querida esposa, minha bisavó Marcela Frugone, já tinha parido catorze filhos, tantos quantos os anos em que estavam nessa terra, não sabia pronunciar uma só palavra em castelhano e muito menos entendia quais eram os negócios do marido. Porque Agustín Nocetti, pouco depois de chegar a Montevidéu, tinha estabelecido uma pequena rede de entrega de macarrão (a tão apreciada massa italiana: talharins, raviólis, nhoques), além de trabalhar como pedreiro. Ela estava ocupada demais cuidando dos filhos que se sucediam, de maneira implacável, a cada dez meses, e confiava plenamente no marido: não precisava falar mais que o italiano de Gênova, porque era ele quem ganhava dinheiro, trabalhava todo dia, de manhã entregava o macarrão italiano que atraia tantos clientes nessa margem do Rio da Prata, de tarde erguia casas, começando pela fundação, como construtor; por isso não se preocupava com o número de filhos: foram catorze (seis morreram pouco tempo depois de nascer), mas estava convencido de poder sustentar a todos, de dar-lhes uma educação, de criá-los segundo os costumes elegantes de Gênova, e o teria feito, certamente; ambos teriam conseguido, se esse cavalo que o atingiu com um violento coice no rim, do qual nunca se recuperou, não tivesse se interposto.

O médico foi implacável: a lesão renal do meu bisavô havia se transformado em um câncer, faltavam poucos dias de vida para o robusto e engenhoso Agustín Nocetti. Posso imaginar o estupor da minha bisavó Marcela, embora já se tenham passado muitos anos disso, tantos anos que ninguém — a não ser eu — se lembra. (*Mas você não pode se lembrar disso porque você não tinha nascido, nem sequer seu nascimento estava previsto na época. Você não pode se lembrar disso. Só pode imaginar, que é a maneira que nós humanos temos de lembrar do que não vivemos. Eu, a única da minha família que também emigraria, por outros motivos, embora dentre eles também estivesse para mim o amor.*) O médico falou em castelhano, mas percebeu que minha bisavó Marcela o olhava estupefata, com aqueles enormes olhos cinza cheios de espanto e horror, então deduziu que ela não tinha tido tempo ou não tinha tido vontade de aprender a nova língua, que só entendia italiano. No entanto, a linguagem da morte, como a do amor, é universal. O médico não precisou apelar para seu escasso conhecimento da língua de Dante (ao fim e ao cabo, a maioria dos pacientes que ele atendia vinha da Itália) para que minha bisavó compreendesse que seu querido e admirado marido estava a ponto de morrer. Com um só gesto, terrível, um gesto feito com as duas mãos em posição definitivamente horizontal, deu a entender que Agustín Nocetti não se levantaria mais da cama e tinha seus dias contados. Marcela Frugone se desequilibrou e o médico a segurou. De repente, pela primeira vez na vida, compreendeu que era uma emigrante. Até então, só tinha sido uma mulher apaixonada. Uma mulher apaixonada disposta a seguir seu homem a qualquer parte, a ter os filhos que ele lhe fizera, a olhá-lo, a cada manhã, a cada noite, com um olhar extasiado que estabelecia uma ponte, a ponte pela qual transitavam os dias, os meses, os filhos, sem necessidade de falar a língua do lugar onde tinham se estabelecido. Era uma pobre emigrante sozinha, separada do resto, sem raízes, sem recursos, uma emigrante que não falava a língua dos locais, que não conhecia ninguém, e, se ele morresse, se seu homem desaparecesse, quem iria alimentar seus oito filhos? O que ela podia fazer, se durante os últimos quinze anos da sua vida tinha se dedicado a parir, a limpar traseiros, a amamentar, a cozinhar, a lavar lençóis e fraldas? Marcela Frugone compreendeu, de repente, que estava sozinha no mundo, que era uma emigrante, e teve uma crise de estranhamento. Olhou o que a rodeava — aquela casa que o marido ia construindo dia após dia, acrescentando quartos à medida que novos filhos vinham ao mundo — e não pôde reconhecer nada. A casa que os abrigara se tornou hostil, estrangeira, parecia a ponto de cair em cima dela, com seu sótão para as roupas em desuso, os patins dos filhos e os baús cheios de retalhos de tecido, chapéus velhos, fantasias que ninguém usava. Esse não era o estilo das casas que havia conhecido na sua cidade natal, Gênova. Tampouco os móveis rústicos de madeira que Agustín tinha construído com as próprias mãos eram os mesmos. E as ruas, que ruas eram aquelas, como se chamavam? Marcela Frugone compreendeu que em quinze anos não tinha conhecido ninguém além do seu homem, que não estabelecera nenhum vínculo, nenhuma ponte além daquela com seu marido, e agora, de súbito, se encontrava perdida em uma cidade estranha, cujo nome pronunciava com dificuldade, cujos habitantes lhe eram desconhecidos, e o estranhamento, aquela sensação de amortecimento, de não pertencer a essa casa, nem a esse lugar, nem a essa gente lhe provocou um ataque de pânico. Sem seu homem, o que ia fazer? O que fariam seus pobres filhos? O médico foi embora sem perceber o estado em que a deixara. Era um infortúnio:

um homem saudável, robusto, que poderia ter vivido muitos anos mais, mas que, por causa de um terrível coice de cavalo, aplicado em um rim, tinha desenvolvido um câncer veloz e mortífero; coisas da vida, se vivia e se morria por acaso (um médico de pensamento livre e ateu, como a maioria dos que tinham crescido e estudado em Montevidéu), era inútil tentar entender os segredos da existência. Mas para Marcela Frugone foi diferente. Pela primeira vez, entendeu em que consistia ser estrangeira. Ela se deu conta de que, estando com o marido, na verdade, era como se não tivesse emigrado. A solidão, o estranhamento, o amortecimento, o terror ao desconhecido a acometiam agora, agora que ele ia abandoná-la de maneira definitiva, deixando-a sozinha com oito criaturas e sem saber nem sequer como se dizia *"vaso"*, porque ela continuava dizendo *"bicchiere"*.

Uma semana antes da morte de Agustín Nocetti, Marcela Frugone se suicidou, ingerindo uma grande dose de pesticida.

Meu exílio não começou no dia 20 de outubro de 1972, quando o navio — o Cristoforo Colombo, *da linha italiana Mediterránea — ancorou no porto de Barcelona, em uma suave e luminosa manhã de outono, mas um ano depois, no dia 30 de setembro, quando eu e você nos separamos. Eu me lembro dessa manhã. Encontrei-me subitamente na rua Balmes, de Barcelona, na altura do número 199. Havia estado outras vezes ali, mas nunca tinha me sentido sozinha. Ao nos exilarmos juntas, foi, na verdade, como se não tivéssemos nos exilado, como se transportássemos com a gente tudo aquilo que amávamos até então: o perfume das glicínias da rua Larrañaga, em Montevidéu, a estátua do cacique ferido no ventre por uma bala disparada pelo invasor que víamos do terraço do nosso andar, na rua Cebollatí, em frente ao mar, as canções de Mina, a tigresa de Cremona ("grande, grande, grande"), a estreia de* Balada para un loco, *no Teatro Solís, cantada por Amelita Baltar, a pizza a cavalo no pátio embaixo dos arcos do La Pasiva, o coreto do jardim de rosas, no Prado, as ondas que alcançavam o calçadão, em Pocitos, e empapavam a carroceria antiga dos carros, o ruído do vento nas esquinas, o tango* Rencor, *cantado por Carlos Gardel, do único disco da vitrola do bar, "Rechiflado en mi tristeza", as prostitutas da rua Ituzaingó que se compadeciam dos últimos bêbados e os colocavam para dormir na cama delas nos quartos de pensão e as canções de Maria Bethânia, os contos de Felisberto Hernández, os livros de Cesare Pavese e de Juan José Arreola que comprávamos a prestação. Surpreendida pelo exílio no meio da rua Balmes, me sentei em um banco de madeira pintado de branco e olhei ao meu redor com um horrível sentimento de estranheza. Quem era Balmes? Eu podia dizer quem eram José Enrique Rodó, Bartolomeu Mitre, Fructuoso Rivera, mas não sabia quem eram Balmes nem Calvo Sotelo, e o único Padilla que eu conhecia era o poeta cubano que haviam obrigado a fazer autocrítica por um livro,* Fuera de juego, *considerado, de maneira exagerada, contrarrevolucionário. Estava efetivamente sozinha, em uma cidade estranha, e acabava de me separar da única pessoa com a qual podia compartilhar as lembranças, os não ditos, a diferença que existe entre dizer "melocotón" e "durazno", "pibe" ou "crío", "garufa" ou "fiesta".* Uma cidade estranha, que eu não conhecia, apesar de estar nela fazia um ano, porque estar com você era como não ter partido nunca de Montevidéu, não ter chegado a Barcelona, continuar no navio, não sair dele. Por ser alheio a mim, tudo*

---

* Novamente, diferenças entre o castelhano falado no Rio da Prata e na Espanha, nessa ordem. *melocotón* e *durazno* significam "pêssego"; *pibe* e *crío* são palavras informais para se referir a "meninos" ou "rapazes", e *garufa* e *fiesta* querem dizer "festa". (N. T.)

era ameaçador: as árvores da Rambla de Cataluña, os postes de luz, as suntuosas escadas de alguns edifícios, as varandas modernistas, as lojas de roupa ou de comida. Durante esse ano, eu não havia tido consciência do isolamento, da separação, da estrangeiridade. Sua companhia e o o amor tinham me protegido dessa angústia. Você era minha cidade, meu país, minha língua, meu passado, minha família, meus alunos, as ruas que eu conhecia, o rio grande como o mar, meus livros, minha música, meus objetos preferidos, como aquela pequena bússola que eu sempre levava no bolso. E, de repente, tudo isso tinha me abandonado. Não tinha me abandonado no dia 20 de outubro de 1972, quando o Cristoforo Colombo *rompeu as amarras; me abandonou no dia 30 de setembro do ano seguinte, quando nos separamos para sempre, e eu, em um banco da rua Balmes, compreendi que o exílio não era só mudar de espaço, o exílio era separar-se da pessoa amada, deixar de falar a mesma língua* (*os apaixonados e as apaixonadas têm sua própria língua, mudar de amor é mudar de dicionário, e deixar um amor é perder um dialeto*).

Nas noventa noites de navio, enquanto os passageiros da terceira classe dormiam, roncavam, suspiravam ou observavam a escuridão do mar, esgotados pela fome, a umidade e o frio, ela se apertava contra seu ombro, olhava-o nos olhos, e dizia:

— *Voglio morire prima di te. Non sarei capace di vivere senza di te. Dimmi che non morirai prima di me.**

A lua não chegava até o porão do barco, onde se abrigavam. Mas ela se sentia segura: seu homem lhe inspirava confiança.

---

* Em italiano: "Quero morrer antes de você. Não seria capaz de viver sem você. Me diga que você não vai morrer antes de mim." (N. T.)

Só queria uma promessa: que não morresse antes dela, que não a abandonasse.

Depois, nos sucessivos anos em Montevidéu, quando ele já tinha construído a casa da família e seus negócios começavam a prosperar, muitas noites, antes de dormir (a bisavó Marcela se reclinava no ombro largo de Agustín Nocetti, como que buscando proteção), ela repetia:

— *Io non potrei vivere senza di te. Voglio morire prima. Se tu muori, io mi ammazzerei prima.**

Que livro leria meu bisavô no porão do navio para ensinar a ela, sua amada, a nova língua? É uma pergunta que na época eu não me fazia, porque na época, quando era nova, nem sequer sabia que minha bisavó tinha se suicidado, diante da iminência da morte do marido. Mas, quando penso neles (e comecei a pensar neles quando a simetria da história me obrigou, quer dizer, quando eu mesma, em um fatídico 2 de outubro de 1972, tive que subir em um navio italiano da linha Mediterráneo com destino a Gênova, para fugir da tortura e da morte em Montevidéu), me pergunto: que livro leria meu bisavô no porão do navio, entre o barulho do mar, as ondas que salpicavam os bordos, as sacas de farinha e de sal, os galões de óleo de baleia, as cordas grossas que cortavam os dedos? É possível que meu bisavô tivesse lido Dante, Cavalcanti, Guido Guinizelli: seus filhos e filhas, embora não falassem italiano nem tivessem estudado, tinham uma cultura e uma elegância naturais, que só podiam vir de Agustín e de Marcela, seus pais. Eram cultos e elegantes sem afetação, naquele bairro, Reducto, formado por centenas de emigrantes pobres que haviam chegado de todas as partes, fugindo da fome, da miséria ou da guerra: fugindo das religiões funda-

---

* Em italiano: "Eu não poderia viver sem você. Quero morrer primeiro. Se você morrer, eu me matarei primeiro." (N. T.)

mentalistas, das ditaduras infames ou das lutas étnicas, apesar de terem sofrido uma infância de pobreza quando seus pais morreram e morreu também meu avô, Carlos Alberto. Esse bom gosto natural, essa distinção imperceptível que uma boa educação recebida na infância proporciona, os diferenciava um pouco do resto do bairro, embora eles jamais a quisessem fazer notar, porque eram compassivos e solidários, ajudavam a quantos necessitassem. (Minha tia Rosa cozinhava grandes quantidades de comida para que qualquer pessoa faminta que tocasse a campainha pudesse se sentar à mesa, na hora que fosse, e tomar um espesso minestrone, comer um pedaço de carne de churrasco grande como o prato, uma boa salada e um pote de doce de leite.)

Meu bisavô traduzia trechos da *Divina comédia* para ela? Leria, por exemplo: "*Sei tu quel Virgilio, e quella fonte che spandi un sì largo fiume di parole?*". (Diria: "*Eres Virgilio, aquella fuente que expande, al hablar, tan largo río?*",* e ela não entenderia nada, porque ela na verdade só queria olhá-lo, ouvi-lo e habitá-lo, estar presa pelos seus olhos, pela sua voz, como por um cordão umbilical que unia Gênova com Montevidéu, e assentiria com a cabeça, arrebatada, porque na verdade não lhe importava o sentido das palavras, mas que aquele homem estivesse junto a ela, toda a vida, toda a sua vida, porque não estava disposta a morrer depois dele.)

Eles castigaram o suicídio da mãe com o silêncio. Sobreviveram, alguns prosperaram, outros se casaram, tiveram descendentes, mas nunca mais nomearam aquela mulher que preferiu morrer antes do marido, deixando-os sozinhos, desamparados, ao cuidado da minha avó, María Luisa, a mais

---

* Em português, na tradução de Italo Eugênio Mauro (1998): "És tu aquele Virgílio, aquela fonte/ que expande do dizer tão vasto flume?" (N. T.)

velha, que ficaria viúva logo depois e acrescentaria mais três filhos ao clã de irmãos e de irmãs para criar.

Por que meu avô escolheu Montevidéu para desembarcar? O que podia saber dessa cidade? O que haviam lhe contado? Muitíssimos anos depois, me fiz essa pergunta. (O que eu sabia de Barcelona quando subi no *Cristoforo Colombo* e, em vez de desembarcar em Gênova, seu destino, fiquei em Barcelona? Uns poucos dados imprecisos, o nome de uma língua, o catalão, que se parecia muito com a dos meus amados poetas Jaufré Rudel e Bernart de Ventadorn e que estava proibida pelo franquismo: a montanha, o Tibidabo,* para mim, que nunca tinha visto uma montanha fora do cinema; um poeta, Salvador Espriu, e alguns "novíssimos", lidos uns meses antes da minha partida: Pere Gimferrer, Ana María Moix. A estátua do último presidente da Generalitat,** Lluis Companys, erguida em Montevidéu como homenagem à república, as obras de Lorca dirigidas por Margarita Xirgu que eram representadas nos teatros de Montevidéu e as canções espanholas, magnificamente cantadas por Victoria de los Ángeles.)

---

* Tibidabo, montanha que domina a paisagem de Barcelona. (N. E.)
** Generalitat, organização política do autogoverno da Catalunha. (N. E.)

A VIAGEM DAS CEGONHAS

Tudo fazia supor que as crianças eram trazidas de Paris pelas cegonhas, nos seus bicos compridos. Se eu não tinha visto tal acontecimento, era porque viajavam de noite, enquanto eu dormia. E de dia? Onde estavam as cegonhas de dia? Estavam em Paris. O argumento parecia conclusivo: os pais escreviam uma carta para as cegonhas e depois de um tempo elas traziam um lindo bebê para o lar. Não caíam no caminho? Nenhum bebê escapava do bico e aterrissava dolorosamente no chão? Não. O bico das cegonhas era firme. E, se era tão firme, não os machucava? Não, porque sabiam muito bem o que faziam. Era o trabalho delas: trazer filhos de Paris a Montevidéu e depois voltar. Eu não tinha a mais remota ideia de onde ficava Paris, mas me haviam dito que era uma cidade europeia elegante e culta que os nazistas desalmados tinham invadido. Então, quando Paris foi invadida, as cegonhas continuaram funcionando? Sim, porque voavam alto e nem os nazistas as viam. As cegonhas sabiam ler cartas? Sim, como eu tinha aprendido — sozinha — a ler em longas tardes de verão. Onde ficava a Europa? Minha mãe me disse que muito longe, como a dois meses de navio, e meu pai afirmava que a Europa não existia, era uma invenção dos jornais, porque se tivesse existido alguma vez não ficariam cinquenta anos brigando entre si.

Quando contei para o meu primo Eduardo — um ano mais novo — que as crianças vinham de Paris no bico das cegonhas, horrorizado, ele me perguntou: E quando as engolem? Me pareceu uma pergunta razoável. As crianças não gostam de perguntas sem resposta, e eu muito menos, então lhe disse: Elas as engolem no jantar, e depois voam por cima dos nazistas até Montevidéu. Pareceu-lhe uma resposta muito adequada. Para mim também.

O QUE DIRÃO

O que dirão os tios, o que dirão as tias, o que dirá a avó, o que dirão os vizinhos, o que dirá o médico, o que dirá o padre, o que dirá a professora, o que dirão os primos, o que dirá o policial, o que dirão os amigos, e os colegas de escola, e as colegas de escola e a Sociedade. Eu não sabia muito bem o que era a Sociedade, mas se tratava de algo muito importante, como o Grande Olho de Deus. Deus e a Sociedade estavam em todas as partes, e sua única tarefa consistia em vigiar. Vigilavam o dia inteiro, de manhã e de noite, não descansavam nunca, e conheciam até nossos pensamentos e desejos mais ocultos. Me parecia um pouco injusto.

— A Sociedade nos olha o tempo todo? — perguntei à minha avó.

— Todo — me respondeu.

E a Sociedade tinha muitíssimas normas, estava cheia de normas, embora algumas delas me parecessem inúteis ou injustificadas. Por exemplo: a Sociedade não queria que as meninas usassem calças, embora fossem mais quentes que as saias e protegessem as pernas e os joelhos dos insetos, dos machucados e das pequenas feridas que eram feitas ao subir em árvores ou cair.

— Por que não posso usar calças? — perguntei à minha avó.

— Porque você é menina, e meninas não usam calças.

Eu era uma menina porque usava saia? Uma vez tinha visto uma mulher de calças, e não tive nenhuma dúvida de que se tratava de uma mulher. Disse isso para minha avó.

— Devia ser uma mulher da vida — me respondeu.

Quais eram as mulheres da vida e por quê? Havia mulheres da vida e outras da morte?

A Sociedade não queria que eu usasse calças, nem assoviasse, nem jogasse bola, nem subisse em árvores, a Sociedade não queria que eu fizesse perguntas, nem que respondesse aos mais velhos, nem que interviesse nas conversas dos adultos, nem que lesse alguns livros. A Sociedade era um NÃO gigantesco contra meus desejos. Eu estava disposta a renunciar a alguns deles, se me demonstrassem racionalmente a conveniência de fazer isso.

Eu era uma menina só porque usava saia, e não calças?

— Não seja ridícula — me disse minha avó. — Você é uma menina porque não tem pintinho.

E o que era o pintinho? E por que me faltava? Se me faltava algo, onde eu podia consegui-lo? Por que a nós, meninas, faltava algo?

— Eu tenho uma coisa que você não tem, eu tenho uma coisa que você não tem — me provocava o Pototo, cinco anos mais velho que eu, filho de imigrantes galegos. Minha mãe tinha me dito que haviam chegado com "uma mão na frente e outra atrás", o que parecia querer dizer que tinham chegado sem nada, sem nem sequer uma mala com roupas ou uma caixa com botões, tesouras, linhas de costura e alfinetes. Haviam os ajudado a se instalar (quem?) e agora eram donos de uma máquina de cardar lã com a qual fabricavam colchões, forrando-os com um tecido igual ao das suas roupas. O Pototo vinha brincar no fundo da casa da minha avó e gostava de me provocar, dizendo:

— Eu tenho uma coisa que você não tem, eu tenho uma coisa que você não tem.

Eu não acreditava muito. Ele não me parecia muito inteligente, enfiava o dedo no nariz ("o que dirão os tios, o que dirão as tias, o que dirão os vizinhos, o que dirá o juiz, o que dirá o Grande Olho, o que dirá a Sociedade?") e era invejoso. Era invejoso porque tinha chegado de barco e seus pais não sabiam ler nem escrever, mesmo que cardassem lã e fizessem colchões; e só falavam galego, e comiam muito pouco, me disse minha avó, para economizar, guardavam todo o dinheiro que ganhavam em um cofrinho com formato de porco, nem ao cinema não tinham ido nenhuma vez para ver como era, queriam todo o dinheiro para o porco porque sem dúvida, dizia minha avó, quando tiverem juntado dinheiro suficiente iriam querer voltar para o povoado chinfrim de onde saíram, que não tem energia elétrica nem água encanada, mal-agradecidos, dizia minha avó, deveriam ficar aqui depois de ter aproveitado as vantagens desse país, que eram muitas, para os emigrantes, porque chegavam sem documentos e ninguém lhes perguntava nada, nem lhes perguntavam o nome do povoado de que tinham saído nem lhes pediam documentos, e sem documentos podiam ir para a escola, que era laica, gratuita e obrigatória, podiam ir para o colégio, que também era gratuito, e além disso o Estado lhes emprestava os livros, e não pagavam impostos, e desfrutavam de todos os direitos. Ninguém nunca lhes pedia documentos, chegavam e pronto, já podiam trabalhar e mandar dinheiro para os parentes pobres que tinham ficado no povoado chinfrim, ou enfiar dinheiro no porco para voltar. Por isso eu não acreditava muito no Pototo quando ele me dizia:

— Eu tenho uma coisa que você não tem, eu tenho uma coisa que você não tem.

E ainda assim eu dividia com ele todas as minhas coisas, meu balanço, meu escorregador, meu pião de madeira, lhe dava as figurinhas repetidas de presente, lhe oferecia meu lanche (o pão com chocolate que eu nunca tinha vontade de comer), até que me cansei e disse:

— O que você tem que eu não tenho?

Foi como se ele sempre tivesse esperado que eu lhe fizesse essa pergunta. Eu mesma me surpreendi que a estivesse esperando. "Aí tem coisa", pensei. (Além do significado das palavras — e algumas tinham mais de um, como a palavra *regras* —, eu tinha que aprender o que queriam dizer as frases feitas. E o mundo estava cheio de frases feitas. Minha tia Agustina, por exemplo, falava preferencialmente com frases feitas, dizia "Deus ajuda quem cedo madruga" e "Mais vale um pássaro na mão que dois voando", e dizia "Nem tudo que reluz é ouro" e "Há males que vêm para o bem".)

O Pototo rumou para trás de um matagal. Os fundos da casa da minha avó estavam cheios de matagais que cresciam mais rápido que os escassos cuidados que lhe oferecia meu tio Tito, e eram ideais para brincar de polícia e ladrão, porque escondida ali às vezes ninguém me via e eu passava as horas lendo, contemplando o crescimento de um formigueiro ou a vida das galinhas.

Ele se dirigiu ao matagal, eu o segui, e, quando estávamos atrás de uma enorme figueira-da-índia de folhas muito duras cheias de espinhos ("de que são feitas as plantas?", eu tinha perguntado um tempo atrás, sem obter resposta. As plantas não eram de carne e pele, como as pessoas, e tampouco eram de seda, lã ou fios, como as roupas. De que substâncias eram feitas as plantas? Ninguém conseguiu me dizer), abaixou as calças e me mostrou seu sexo. O corpo também era um assunto complicado para alguém da minha idade. As partes do corpo às vezes tinham nomes estranhos, como as "amígdalas", de dificílissima pronunciação (a palavra me estrangulava, e elas estavam sempre inflamadas, *infectadas*, cheias de pontos brancos de pus, me causavam febre, não me deixavam engolir, para que serviam as amígdalas além de complicar minha vida e minha pronúncia?), e havia *órgãos, membros, vísceras, aparelhos, músculos, membranas* e *ossos*. Os seres humanos tinham sexos. Mas o que o Pototo estava me mostrando agora, um sexo que sobressaía do seu baixo-ventre, de cor rosada, comprido e fino, eu não tinha visto jamais. É verdade que a Sociedade — ou seja, *o que dirão* — exigia que os sexos fossem bem ocultos, nem na praia era possível vê-los, mas à primeira vista se tratava de um sexo diferente do meu. Fiquei muito surpresa. O Pototo percebeu minha perturbação e se orgulhou daquele sexo vermelho, com aspecto de cenoura.

— Eu tenho uma coisa que você não tem, eu tenho uma coisa que você não tem — cantarolou.

— Eu vou ter. Você vai ver — eu disse.

Corri até o banheiro para me examinar. Fechei a porta: era um bom costume que tinham me inculcado desde pequena e que conservei por toda a vida. Me olhei. Me contemplei. Meu sexo não era igual ao do Pototo, para meu assombro. Isso me apresentava um problema de difícil compreensão. Nas vezes que perguntei no que se diferenciavam os meninos das meninas, me disseram que os meninos usavam calças; e as meninas, saias. Os homens cabelo curto; e as mulheres, longo. Os homens tinham bigode e até barba, as mulheres não. A diferença, então, era exterior. Por que eu tinha o sexo menor que o do Pototo? A resposta não demorou a me ocorrer: ele era cinco anos mais velho que eu. Tudo nele era maior: sua estatura, suas mãos, sua força. Tratava-se, então, de um problema de idade. Contemplei meu pequeno sexo com simpatia: com o tempo, ia crescer tanto quanto o dele, de modo que eu não tinha com que me preocupar.

Voltei ao matagal orgulhosa, contente. O Pototo já tinha subido as calças.

— Em cinco anos, o meu vai ser que nem o seu — lhe disse, tão convencida e contente que ele me olhou, duvidoso.

— Tem certeza? — me perguntou.

— Certeza absoluta — lhe disse.

Anos depois li, em Freud, que os meninos e as meninas costumam acreditar que são iguais. Até que uma adulta boba

— a mãe ou a avó — ensina à menina que lhe falta algo. E a menina costuma se sentir culpada por aquilo que falta. É um ser incompleto, imaturo, não terminado. Como a *Sinfonia inacabada* de Schubert. A mulher é incompleta, quem a completará? Virá o Príncipe para completá-la? Virá o Príncipe ou virá o Lobo? Virá completá-la o marido, o amante, ou a completarão os filhos? Pobre criatura a quem falta algo, pobre ser sem ser, em busca do que lhe falta. Virá o Príncipe Encantado para dar-lhe o que ela não tem?

Nunca escutei definirem um homem pelo que lhe falta. Nunca ouvi que uma avó ou uma mãe dissesse ao neto ou ao filho: "Você não tem clitóris nem vagina". Mas às vezes acontece — como aconteceu comigo — que, mesmo na minha ignorância — eu não sabia que tinha clitóris —, descobri, espontaneamente, para que servia: para me proporcionar um prazer autônomo, independente, sem esperar nenhum Príncipe Encantado.

SEGUNDO AMOR

Do outro lado dos trilhos havia uma casa de paredes brancas e telhado de duas águas com telhas cor de tijolo. Parecia uma casinha de brinquedo, como as dos livros de histórias que eu contemplava com deleite. (Primeiro se sente, depois se sabe. Eu sentia deleite sem conhecer a palavra para nomear esse prazer que é consciente de estar sentindo prazer.) Era a única casa em muitas léguas ao redor e às vezes, da chaminé — no inverno —, se elevava uma pequena coluna de fumaça azulada. Eu gostava dos trilhos dos trens. Enferrujados, com muitos anos, retorcidos por enormes porcas grossas como o dedo do meio de um homem, se abriam e se fechavam manipulando um grande timão ligado a uma corrente de ferro preta, reluzente — meu tio a fazia ser pintada regularmente, como os bordos do casco de um barco —, na entrada da estação. Alguns trens precisavam de trilhos mais largos que outros. Então, Santa Rosa se dirigia ao grande timão preto, brilhante, e, com muita força, girava a pesada corrente de ferro. Eu aspirava, também, a mudar a direção dos trilhos, e, com infinita paciência, Santa Rosa me levantava nos braços, para que eu tivesse a ilusão de fazê-lo girar.

Na casa saída de um livro de histórias, do outro lado dos trens, vivia Mabel. Durante o tempo em que nos vimos, nos amamos. Eu tinha cinco anos, e ela, provavelmente, dezessete. Alta, com um corpo de quadris redondos (à la Rubens, eu aprenderia mais tarde, ao me lembrar dela com nostalgia) e pernas longas, tinha um esplêndido cabelo castanho quase vermelho, olhos verdes transparentes, com reflexos dourados, seios grandes e firmes, em flor. Era doce, cálida, sedutora, amável e gostava muito de crianças. Gostaria de ser professora, mas para isso tinha que abandonar o povoado, e não o fez. Filha única, seus pais a adoravam e no tempo em que a conheci também comecei a adorá-la. Eu tinha acabado de aprender a ler por conta própria (impaciente demais para esperar ir para a escola e fascinada por todos aqueles livros que contavam histórias de heróis gregos ou apaixonantes aventuras de animais) e, quando a conheci, me dediquei a preencher as folhas de um caderno e todo tipo de papel que caísse nas minhas mãos com as letras do seu nome, que, com um pequeno esforço, formavam um delicioso anagrama: MABEL AMÁVEL, AMÁVEL MABEL.*

Ela também gostou de mim. Eu era uma menina da cidade, vivaz, simpática, curiosa, brincalhona, delicada, sensível, imaginativa; e ela, possivelmente, começava a experimentar sentimentos maternais, a explosão de hormônios que convertem uma jovem mulher em mãe, quase sem se dar conta. Para uma menina de cinco anos, uma mulher de dezessete, de boa aparência, é toda uma mulher, de modo que, se ela se sentiu algo assim como minha mãe adotiva, eu adotei o papel de filha preferida, para o qual tinha uma profunda vocação sempre insatisfeita. Brincamos. O que fazem os casais que se dão bem? Brincam, passeiam, conversam, se acariciam, se mimam, se beijam e não podem viver uma sem a outra. Mabel e eu começamos a viver como um casal que se dá bem. Eu a esperava à tarde, olhando pela janela. Eu a via sair da casa de paredes

---

* A palavra "amável" se escreve *amable* em castelhano, formando assim quase um anagrama com o nome Mabel. (N. T.)

brancas e telhas cor de tijolo do outro lado dos trilhos, e à medida que se aproximava me sentia cada vez mais empolgada, mais emocionada, mais alegre e cheia de expectativas. É possível que meus tios lhe tivessem contado que eu estava me recuperando no campo da tuberculose que havia contraído na cidade, que necessitava de passeios e que meu temperamento nervoso tinha se exacerbado com a doença. Não sei. Eu estava apaixonada e nosso amor me parecia o fato mais natural do mundo. Ela vinha me buscar todas as tardes, para dar grandes passeios pelo campo, até o rio, colher flores ou ervas (tomilho, folhas de boldo, marcela, camomila e louro), contemplar os lagartos adormecidos ao sol ou espantar as cobras que deslizavam entre os arbustos. Se o tempo estivesse muito quente, nos sentávamos na beira do rio e víamos, entre os líquens, o deslizamento dos peixes pequenos que fugiam da lenta perseguição dos jacarés. Estávamos no Paraíso, e o Paraíso era diverso. Tinha insetos (os espessos enxames de gafanhotos, que devoravam as colheitas e uma vez entraram pela janela do carro, nos açoitando com os chicotes das suas patas cascudas), tinha árvores bonitas (os estilizados jacarandás de flores violeta), tinha solitários e luminosos entardeceres nos quais as cores se mesclavam como em uma paleta, tinha cheiros (o cheiro seco de óleo das tortas de semente de girassol), tinha histórias (as viagens de Ulisses ou as aventuras da Formiguinha Viageira),* e ali estávamos eu e ela para aproveitar tudo o que foi criado. Até os acidentes inevitáveis, no Paraíso (a vez que eu caí do cavalo e a outra que me afundei na cisterna, por sorte quase sem água, se não fosse isso teria me afogado) eram mais leves, mais suaves, porque sempre havia a voz cálida de Mabel para me acalmar, seus braços dourados e acolhedores

---

* "La Hormiguita Viajera" é um livro infantil de 1927 escrito por Constancio C. Vigil, publicado no Brasil como "A Formiguinha Viageira". (N. T.)

me protegendo. Quanto a mim, eu estabelecia uma atividade intensa para agradá-la. Juntava flores silvestres, colhia frutas vermelhas, lagartas, caracóis, ovos de galinha e de avestruz, explorava caminhos novos, que ela não conhecia, e especialmente: cavava. Eu tinha conseguido — não me perguntem como, mas certamente foi através de alguma astúcia — uma enorme pá bem afiada, enferrujada, maior que eu, e um ancinho; provida dessas ferramentas, comecei a cavar o solo das imediações, convencida de que ia descobrir tesouros para dar de presente à minha amada, ou seja, à Mabel. O chão era de terra e de calcário, de modo que eu afundava a pá e começava a extrair torrões, as minhocas começavam a se esconder, alguma cobra era surpreendida no momento de entrar na toca e os *insetos da umidade* empreendiam uma rápida fuga: minha pá, escavadora, avançava com força e velocidade.

Sempre ouvi dizer que naquele território não há tesouros escondidos, seja porque as comunidades aborígenes não praticavam o enterramento de utensílios e pertences, seja porque não lhes atribuem ritos funerários. Parece que tampouco os ingleses, nem os espanhóis, nem os portugueses que invadiram esses territórios perderam nada nesse solo. No entanto, eu, em poucas semanas, consegui desenterrar: um revólver de dois canos, com cabo de madeira entalhada com delicados ornamentos; uma espada de dois gumes, pesadíssima, da época da Conquista; uma série de pesos de distintos tamanhos, dos que se usavam com balança de trilho; vários azulejos lascados com lindos desenhos originais e até um velho relógio de bolso, com o mostrador branco e números romanos, que não funcionava, mas cuja tampa posterior podia ser levantada, para comprovar as deliciosas e intrincadas filigranas das suas engrenagens e rubis, das suas âncoras e molas.

Eu gostava de esperar Mabel com minha oferenda diária, como os antigos faziam com os deuses. Minha deusa era amável (não se chamava Mabel?) e me recompensava com numerosos presentes: carícias, beijos, histórias, abraços, sorrisos, potes de doce de leite e barras de chocolate. Ela me chamava de "minha pequena colecionadora", e me parecia muito importante escavar a terra, levantá-la, revirá-la para recuperar aqueles troféus esquecidos que ninguém tinha encontrado antes de mim. Outras vezes, eu juntava flores silvestres para ela: as doces margaridas com seu centro cheio de pontos amarelos, os duros copos-de-leite que se erguiam como espadas (chamadas por nós de "cartuchos"), as brancas e perfumadas madressilvas que embriagavam o ar e que um tango imortalizou. Se por causa da chuva ou do vento não podíamos sair (no Paraíso também ocorriam tormentas, mas tinham a aura misteriosa da primeira criação: luzes estranhas, sem nome ainda, cruzavam o céu como a guarda avançada de um exército em combate, troncos e madeiras rangiam, animais assustados gritavam, grasnavam ou mugiam e se ouvia o retumbar da terra atravessada por um raio), Mabel vinha à minha casa para contar histórias ou brincar, e a tarde deslizava rapidamente, muito mais veloz do que eu queria, para minha felicidade de tocar nos seus cabelos, de sentir seu corpo cálido, cheio, pleno de hormônios e de cheiros doces como mel. Meu aspecto havia se tornado completamente saudável: minhas bochechas estavam rosadas, minha pele tinha adquirido um bonito tom dourado e meus pulmões, oxigenados pelo ar da serra, funcionavam bem. Além disso, o carinho dos meus tios e o de Mabel conseguiram acalmar o estado de ansiedade em que eu tinha vivido até então, pelas brigas dos meus pais.

A felicidade era eterna como o Paraíso, e o tempo não existia. Ou melhor: o tempo era fluido, contínuo, sem sobressaltos. Mas um dia minha querida tia anunciou que as visitas de Mabel já não seriam tão frequentes: ela estava a ponto de se casar e os preparativos da festa lhe tomavam muito tempo.

A princípio, a notícia não me preocupou muito. Estava tão convencida de que nosso amor e nossa felicidade eram eternos, indestrutíveis, que seu casamento não me pareceu uma ameaça. Na verdade, *acreditava que ninguém podia interferir na nossa alegria*. Eu a recebi com muita calma. No segundo dia da ausência de Mabel, no entanto, comecei a ficar um pouco nervosa. Me parecia muito bom que se casasse, mas e nossos passeios?, e nossas visitas ao rio?, e as histórias que inventávamos juntas, compondo uma frase cada uma?, e a coleção de tesouros? Perguntei à minha tia quando Mabel ia se casar e ela me disse que só faltavam quinze dias. Minha ideia do tempo, na época, era muito subjetiva, já disse que no Paraíso se tratava de um fluir contínuo, uma harmoniosa sucessão de dias e noites sem interrupções. Quinze dias me pareceram uma quantidade inimaginável. Um tempo impensável. Bem: eu era capaz de calcular até três dias em diante. Se hoje era segunda, por exemplo, podia imaginar a terça, a quarta e a quinta, mas a sexta e o resto da semana caíam em uma espécie de vazio insondável, sem representação alguma. Quanto exatamente eram quinze dias? Quanto significavam em espera, em ansiedade, em tristeza, em ausência? A informação que minha tia me deu me mergulhou no abatimento e no pesar. Comecei a vagar, sozinha, pelos campos cheios de mato duro, quase seco, que chegava até o joelho, me perdia por caminhos empoeirados que me impediam de olhar em volta, não regressava até a noite e deixei de ter fome. Meu estômago era assim: abria e fechava de acordo com meus estados de ânimo. Se me sentia feliz, equilibrada e sem ansiedade, a comida penetrava pela minha boca e percorria os canais do aparelho digestivo sem obstáculos; mas, quando estava triste, ansiosa ou preocupada, o bolo alimentar se negava a transitar. Não vomitava: a comida simplesmente não passava. Em vez disso eu bebia grandes quantidades de água, como se seu frescor e sua transparência (tomava a água deliciosa de uma nascente próxima) me ajudassem a empurrar a realidade detestada e não desejada.

Foram quinze dias terríveis. Naquela época não havia telefones nas casas, de modo que eu não tinha esse recurso para me comunicar com a Mabel. Não sabia se a veria antes do casamento, e agora esse fato, seu matrimônio, começou a me parecer ameaçador. Sua ausência, que se prolongava dia após dia, me fez pensar que, ao contrário do que eu tinha acreditado ingenuamente no começo, seu casamento mudaria as coisas entre nós. E a maneira parecia evidente: já não nos veríamos todos os dias, até era possível que transcorresse muito tempo entre uma visita e outra. Eu passava a manhã e a tarde no vestíbulo da estação, olhando para além dos trilhos, com a esperança de vê-la aparecer. Mas a casinha de brinquedo perfeitamente pintada de cal e de telhado cor de tijolo não abria sua porta jamais, era primavera, já não saía fumaça da chaminé e minha espera era inútil. Não conseguia explicar a mim mesma por que Mabel havia desaparecido de repente da minha vida, sem me avisar, sem me mandar uma mensagem, sem estabelecer alguma espécie de comunicação e de cumplicidade. Quando entardecia e começava a escurecer, eu entrava na casa dos meus tios, grudava o nariz na janela e continuava olhando a casinha de brinquedo, tentando vê-la. Mas Mabel tinha desaparecido. (Muitos anos depois, quando se impôs a terrível ditadura militar, pude compreender em todo o seu horror o sofrimento dos *desaparecidos* e dos seus amigos, dos seus entes queridos. Abduzidos por um poder absoluto, os *desaparecidos* não estavam nem mortos, nem vivos, entravam em um círculo do inferno inominável e sem contornos: ausentados violentamente da sua realidade cotidiana, deixavam um buraco negro, um espaço vazio que nada nem ninguém podia preencher. Nas manifestações contra a tirania que se realizavam no exterior, costumávamos deixar cadeiras vazias, no palanque, como representação dos *desaparecidos*. Essas cadeiras vazias, *notavelmente* vazias, eram o testemunho, o clamor de uma ausência. Havia algo de insuportável na sua contemplação, aumentavam o desejo, a espera. Compreendi, então, toda a perversidade do recurso dos *desaparecimentos*. Seguindo a terrível lógica do fascismo — um sistema de cruel racionalidade que gera monstros — anos depois, o católico general Videla,* da Argentina, onde houve mais de trinta mil desaparecidos, diria que os militares tiveram que apelar para esse recurso porque a Constituição proibia a pena de morte.)

A dor era tão forte, tão solitária, tão inconsolável, que me impediu de fazer, a princípio, as perguntas mais simples: *Onde está Mabel? Quando poderei voltar a vê-la?* Depois pensei que, se não as formulei, se comecei a viver esse luto pela sua ausência como definitivo, foi porque de maneira inconsciente havia compreendido aquilo que no princípio me neguei a reconhecer: que o casamento significava o fim do nosso Paraíso, do mesmo modo que a introdução da serpente põe o ponto-final no idílio entre Adão e Eva. Esperava a Mabel desesperadamente, como um soldado fiel que vigia a última trincheira, abandonada por um exército derrotado. Mas minha lealdade me obrigava a continuar esperando atrás da janela, na plataforma da estação ou na frente dos trilhos.

Foram quinze dias terríveis. O primeiro dos meus lutos, essa dor intensa pelo bem perdido (às vezes também se vive o luto pelos males perdidos, embora isso pareça um paradoxo: o importante é o sentimento da perda) sem o qual não se pode voltar a amar, porque a dor é uma intoxicação, uma droga pesada.

Esperei em vão durante esses quinze dias. No curso de algum deles, ouvi minha tia dizer, de passagem, que os vizinhos do outro lado dos trilhos tinham ido à capital para comprar coisas para o casamento. Isso também foi uma revelação para

---

* Jorge Rafael Videla foi um general que governou a Argentina entre 1976 e 1981, comandando o golpe de estado que instituiu a ditadura militar no país. (N. T.)

mim. Não entendia por que, quando se casava, era preciso viajar para a capital para comprar coisas para o casamento, como disse minha tia. Supunha que um casamento se tratava de algo muito simples, e bastante supérfluo, se levássemos em conta que os matrimônios que eu conhecia (salvo o dos meus tios do campo, precisamente) eram bastante lamentáveis. Tampouco entendia por que tinham que festejar algo que acabava por ser triste e monótono. Casar-se parecia uma obrigação dos seres humanos, mas celebrar esse acontecimento infeliz não fazia nenhum sentido. De modo que, se eu tinha esperado a Mabel em vão durante todos esses dias, era porque ela tinha viajado para a capital sem me dizer nada. Não aumentou minha dor: somou-se a ela uma grande dose de melancolia. Algo havia se rompido entre nós duas: a comunicação, a cumplicidade. Agora eu e ela éramos seres autônomos, independentes, solitários.

Minha tia me anunciou que estávamos convidados para o casamento, naturalmente, e isso me encheu de alegria: era a possibilidade de voltar a vê-la. Senti tanta alegria por essa possibilidade, que isso apagou por completo o fato de que se tratava do dia do seu casamento. Não tinha nenhuma importância: na minha vida, não significava o dia do seu casamento, mas sim o do nosso reencontro. De modo que pela primeira vez aceitei sem protestar que chamassem uma costureira para que me confeccionasse um vestido novo, um detestável vestido branco (como de noiva, pensei), cheio de laços e de fitas, de babados e de frufrus, com o qual me sentia tão ridícula quanto Shirley Temple, a menina que todos os casais de classe média teriam querido como filha. Também me compraram uns sapatos brancos, cuja borda afiada fazia a delicada pele dos meus tornozelos sangrar e meu peito do pé inchar, e acrescentaram uma presilha brega para o cabelo, "combinando com o vestido", segundo minha tia, que eu estava disposta a perder na primeira oportunidade.

Assim, ridiculamente enfeitada como uma torta de merengue, me apresentei no casamento da minha querida amiga Mabel. Na festa, que se celebrou na casinha de telhas cor de tijolo do outro lado dos trilhos de trem. Havia muitas pessoas, todas embonecadas para a ocasião, e eu me sentia muito inibida pelo vestido, cuja saia se levantava com demasiada frequência e deixava à mostra a anágua de cetim branco, de um ridículo que me parecia infinito. ("Você não pretenda ir vestida com esse macacão azul horroroso com que você trepa nas árvores e joga futebol", me havia reprimido minha tia uns dias antes. Olhei meu macacão. Era muito confortável. Permitia que eu me movimentasse pela vida com frescor, agilidade e sem mostrar a calcinha cada vez que queria juntar ovos de avestruz, subir em uma árvore ou caçar lagartos. Se me sentia tão cômoda com ele, não entendia por que devia abandoná-lo para colocar aquele vestido cheio de babados e de frufrus, dignos de uma boneca de porcelana. Mas assim eram os usos sociais. Os usos sociais eram incômodos, arbitrários, inibiam as pessoas e as obrigavam a fazer coisas que não desejavam, e a renunciar às que queriam verdadeiramente fazer. Era inútil interrogar os adultos acerca de sua utilidade ou seu proveito. Por exemplo: eu teria preferido ir com meus sapatos de verniz pretos, que estavam domados o suficiente para não machucar minha pele; mas, segundo minha tia, com vestido branco e no fim da primavera, o adequado eram os sapatos brancos que, além disso, tinham lhe custado um olho e meio da cara. E quanto à presilha de cabelo, era algo que todas as meninas deviam usar, pelo menos as meninas que tinham cabelo longo. Existiam de todos os tipos e cores, lamentavelmente sua variedade era quase infinita: presilhas com forma de animaizinhos diversos — ursinhos, gatinhos, cachorrinhos, cavalinhos, peixinhos, elefantinhos, girafas e até golfinhos —, com formato de flores ou de plantas. E tinham que ser presas ao cabelo, como se se tratasse de uma crosta de queratina que tivesse saído da metade da cabeça.)

As personalidades mais importantes do povoado tinham assistido à festa com suas famílias: o médico, o advogado, o procurador, o notário, os fazendeiros, o padre e minha tia, a diretora da escola rural, com meu tio, o chefe da estação. Todos me conheciam, de modo que eu podia deslizar de um lado para o outro da casa exibindo meu vestidinho branco cheio de frufrus e comprovar a admiração que ele provocava. A cada passo que eu dava tinha que me deter para escutar os elogios, e fazia isso com muita paciência, porque eu era um animalzinho compreensivo e tolerante com os costumes dos adultos. O pior que podia acontecer era que ocorresse a alguma daquelas mulheres cheias de pulseiras (artefatos que eram chamados de "escravas", e ninguém, pelo que parece, tinha observado o caráter francamente humilhante desse nome) e que me chamavam de "tesourinho", "bonequinha" e "encanto" me pedir que recitasse um poema. Aquilo de recitar poemas também formava parte do incompreensível universo de costumes sociais. Por que as menininhas tinham que recitar poemas? Se eu fosse homem, teria me livrado daquele tormento, coisa que também me parecia incompreensível: as numerosas diferenças entre os costumes sociais dos meninos e das meninas. Mas eu era menina, portanto sempre precisava ter um poema pronto para quando a pressão da demanda fosse insustentável. Naquela época, o poema que dispunha para essas situações era um de José Martí. (Tiveram que se passar muitos anos para que eu pudesse superar a rejeição que me causou e lesse, com muitíssimo interesse, seus artigos de *Nossa América*.) *Não era um poema excessivamente sentimental, o que me evitava fazer todos aqueles gestos bregas que detestava, e sabia, por experiência, que uma vez cuspido o último verso feito uma bala de canhão eu podia ir brincar tranquila: tinha cumprido com um dos requisitos do gênero femi-

---

* Originalmente *Nuestra America*, livro de 1891. (N.E.)

nino, seção menina, e os convidados e as convidadas ficavam elogiando minha graça, minha memória e meu vestido.

Para minha sorte, os convidados da festa estavam muito entretidos comendo todas aquelas maravilhas que durante os três últimos dias as diligentes mãos das empregadas domésticas do lugar tinham preparado, de modo que ninguém me convidou para recitar, limitaram-se a me deter para elogiar o vestido. Eu parava um instante, e seguia: ia em busca da minha amada, podia suportar todos os desafios.

Finalmente a avistei. Ela tinha tirado o lindo vestido de noiva, decotado, que permitia ver o nascimento dos seus seios (nesse caso, o vestido branco e o delicado véu que cobria parte da cabeça tinham me parecido um costume social muito adequado) e agora exibia outro, de cor fúcsia, com um decote em V, sugestivo, insinuante, e sem mangas, o que fazia com que seus belos braços dourados estivessem descobertos. Tinha os lábios pintados, as bochechas também, e o conjunto me pareceu desejável e admirável (embora não conhecesse a palavra desejável, conhecia seus efeitos). Mabel estava, nesse momento, rodeada por um pequeno grupo de notáveis do povoado e quando me viu agitou a mão com muita alegria, pronunciou meu nome (eu senti que corava intensamente) e me chamou ao seu lado. Meus pés se tornaram vertiginosamente rápidos, como os cavalos de Aquiles (não tínhamos lido juntas as aventuras do distante herói grego, não sabíamos que seus corcéis eram inusitadamente velozes?) e deixei de escutar as palavras à minha volta: a Princesa distante havia feito um sinal, e a tímida porém audaz trovadora corria ao seu lado, disposta a salvá-la de todas as agruras, todas as barreiras, todos os obstáculos. (Somente muitos anos depois admiraria Jaufré Rudel* por ter escrito os poemas que descrevem a

---

* Jaufré Rudel foi um poeta trovador do século XII que tematizou em sua obra o amor perdido, distante. (N. E.)

idealização da amada, para sempre distante.) Aquele gesto me fez sonhar outra vez com o Paraíso, o perdido, e a possibilidade de recuperá-lo. Corri, literalmente corri ao seu encontro, com meus incômodos sapatinhos brancos recém-estreados que tinham um botão, com minha presilha para o cabelo em formato de borboleta, com meu vestido de organza cheio de babados. Ela me recebeu com um largo sorriso.

— Aqui está meu tesourinho — disse. Pela primeira vez, a palavra me provocou confusão, e não a alegria que habitualmente me causava. Não estava muito certa do que ela queria dizer, e tampouco estava certa de que fosse exatamente o que eu queria escutar. Então, supreendentemente, ela não me alçou nos braços, para que eu pudesse aspirar o aroma dos seus cabelos cor de mogno ou cheirar o perfume da fenda entre seus seios, mas fez outra coisa:

— Alberto — chamou com sua voz doce, dessa vez suficientemente alta para que pudesse ser ouvida sobre as conversas dos diferentes grupos.

— Querido — acrescentou —, quero que você conheça a menina.

De repente, entendi tudo. Eu já não era sua cúmplice. Havia outro — Alberto — com quem ela dividia sua vida, seus segredos e possivelmente seus projetos. E queria me dividir também. Eu já não era só sua: ela pretendia que eu fosse de outro, do seu namorado, do seu marido. Levantei a cabeça e me liberei da sua mão para conhecer o Alberto. De longe, eu o vi abrindo caminho cortesmente entre as pessoas, cumprimentando uns e outros, com uma taça na mão. Detinha-se para conversar com alguém, escutava alguma piada, alguma frase elogiosa, e se aproximava de nós duas. Calculei que demoraria uns minutos para chegar. Ele era alto, bonito, parecia muito simpático e agradável. Mas eu, decididamente, não estava disposta a confraternizar. Escapuli por entre as pessoas e esperei. O tal Alberto avançava, sorrindo para uns e outros. Era seu dia de festa, e Mabel o esperava para nos apresentar. Certamente tinha falado de mim para ele. Alguma bobagem, como que eu era muito fofa, muito inteligente ou algo assim. Esperei. Não fazia quinze dias que eu esperava pela Mabel? Me posicionei em um canto, entre saias e calças de convidados que comiam e bebiam. Ele, meu inimigo, inevitavelmente teria que passar por ali, para se dirigir ao encontro da sua amada.

Quando, como eu esperava, ele passou ao meu lado sem me ver, levantando a cabeça para cumprimentar alguém distante que balançava o braço, estiquei meu pé, com rapidez e valentia, em uma manobra precisa. Eu estava acostumada a fazê-la com alguns animais especialmente odiosos.

Alberto caiu no chão de toda a sua altura, em meio de um estrépito de taças, dos gritinhos das pessoas e de algumas expressões de surpresa. Eu me voltei para a parede, como se não tivesse visto nada, e comecei a me distanciar lentamente. Quando me virei (estava a alguns metros do incidente), comprovei que Mabel também tinha corrido ao seu lado, e estava entre os vários que o ajudavam a ficar de pé. Ninguém entendia bem o que tinha acontecido. O elegante terno azul com pequenas listras brancas de Alberto estava meio manchado pelo vinho que tinha derramado da sua taça ao cair, e ele se queixava de uma dor no joelho. As pessoas murmuravam, lhe ofereciam lenços, copos, alguém disse "que azar".

Quando eu estava chegando ao jardim, percebi que minha tia me olhava muito seriamente, sem dizer nada, mas com uma expressão que indicava que havia visto tudo. Passei ao seu lado dissimulando, como se não fosse comigo, mas ela me deteve com um gesto.

— O que você fez foi muito feio — me repreendeu, em voz baixa.

— Ele mereceu — eu disse, como desculpa, e fui para o jardim, procurar formigas. Eu gostava das formigas. E dos sapos. E das rãs. No verão, se ouviam claramente os grilos.

A última coisa que escutei foi a voz da minha tia, que falava com seu marido.

— Não consigo explicar o que ela fez — dizia. — É sempre muito doce e se dá bem com todo mundo. Não entendo como isso aconteceu.

Os grilos, de fato, cricrilavam. São os machos que dedicam serenatas às princesas distantes. Alguns são ouvidos, outros não. Mas eles, de todos os modos, cricrilam.

ALERTA

Desde muito pequena tive que viver em estado de alerta. Eu era o soldado, a guarda-costas da minha mãe, e essa era uma tarefa monopolizadora e perigosa. Minha mãe era uma mulher assustada, carente de toda proteção que não fosse a minha, uma vez que seu marido — meu pai — era um homem arredio, violento, solitário e perigoso. Não sabia o que era pior: se os gritos do meu pai ou seus pesados, obscuros, tenebrosos silêncios. Eu também tinha medo dele, mas não falava. Não queria aumentar o da minha mãe. Os homens eram mais fortes, mais corpulentos. Tinham músculos verdadeiramente fortes que sobressaíam da roupa e a voz deles era mais grossa. Eles gostavam de demonstrar sua força, estavam orgulhosos de tê-la. Levantavam pesos, lutavam boxe, golpeavam a mesa com o punho, ameaçavam com a mão fechada, cuspiam na calçada e gritavam quando não gostavam de algo ou algo não era como eles queriam. As mulheres se calavam, não porque não tivessem nada a dizer, mas por medo. Além disso meu pai bebia muito, embora eu não o tivesse visto bêbado mais que um par de vezes, seu hálito não cheirasse a álcool e não tropeçasse, nem caísse, nem cambaleasse: só aquela permanente depressão, aquele silêncio assombroso, aquele não estar nunca presente, e, quando estava, ficava submerso em uma profunda indiferença ou em um ataque de violência.

Mas minha mãe não se calava sempre, às vezes o repreendia. Reclamava que bebia demais, que tinha outras mulheres, que gastava o dinheiro em jogo ou que não ligava para os problemas da casa. O dinheiro não era suficiente para chegar ao fim do mês, coisa que para ele era completamente indiferente. Minha mãe costumava chorar no meu ombro, embora fossem ombros de uma menina pequena. Eu não necessitava perguntar por que chorava: era infeliz, sentia-se indefesa diante daquele homem arredio, violento e ameaçador. Quem poderia defendê-la, senão eu? O resto da família preferia não intervir: ela tinha se casado com esse homem contra a vontade dos seus, de modo que agora se sentia humilhada, envergonhada do seu erro. Às vezes, diante das represensões da minha mãe, ele optava por um silêncio grosseiro, vagamente ameaçador; outras, ao contrário, respondia com violência. Jogava uma cadeira na parede, golpeava a porta com o punho ou quebrava a mesa. Aterrorizada, minha mãe se calava. Então, eu intervinha. Tomava o lugar da minha mãe como quando uma leoa substitui a outra que está cansada durante a caça. Eu tinha muito medo, mas escondia. Era valente: enfrentava sozinha a brutalidade do meu pai, como um soldado assume o lugar do outro caído na trincheira. Minha intervenção exasperava ainda mais meu pai. Ele já não podia se conter, se tivesse evitado bater na minha mãe agora batia em mim. E eu revidava: à fúria viril do meu pai, respondia com uma fúria vingativa de filha: dava-lhe chutes, golpeava inutilmente seu torso robusto. Era um combate desigual, mas me permitia manter elevado o sentido do dever.

Minha mãe intervinha então para nos separar. Só muitos anos depois (quando eu já não era uma criança, mas continuava em estado de alerta) me lembraria de que meu pai jamais bateu na minha mãe, apesar das ameaças, e, no entanto, eu recebi várias surras no meio de discussões que não me diziam respeito. Me diziam respeito: tudo que afetasse minha mãe me dizia respeito. E eu estava orgulhosa do meu valor: nunca recuei diante do pai raivoso, nunca cedi ao verdadeiro terror que me causava, embora minhas mãos suassem copiosamente, minha garganta secasse e eu tremesse só de vê-lo.

Uma vez separados pela intervenção da minha mãe, nossa inimizade crescia. Meu pai não podia tolerar a insubmissão (a rebeldia) da filha, e esta não perdoava sua violência. Durante dias inteiros não nos falávamos, mas eu seguia alerta. Não descansava nunca. Só quando ele saía de casa eu abandonava um pouco a vigilância, mas com um obscuro temor. Às vezes eu voltava para casa com pressa temendo o pior: que meu pai tivesse discutido com minha mãe e batido nela durante minha ausência. A ansiedade me fazia imaginar vinganças terríveis: abandonaria meu pai, iria denunciá-lo para a polícia ou matá-lo. Qualquer uma dessas coisas era possível. Por sorte, ele passava pouco tempo em casa. Vinha ao meio-dia, antes que minha mãe saísse para trabalhar, e não voltava até a noite. Jantava frugalmente (a bebida lhe tirava o apetite, embora não quisesse reconhecê-lo) e se enfiava na cama sem falar. Mas a experiência me indicava que a noite não era um período de descanso de jeito nenhum. As piores brigas aconteciam no interior do quarto e durante as longas, solitárias e obscuras horas da noite. Muitas vezes eu era despertada pelos gritos que saíam do quarto dos meus pais e então me punha mais alerta do que nunca. A porta do quarto estava fechada e eu imaginava o pior. O pior era que efetivamente meu pai batesse nela, que a matasse, como tantas vezes tinha ameaçado. E o pior para mim era não saber o que acontecia na escuridão, atrás da porta. Eu me equipei com uma faca de cozinha. Sem que ninguém da casa se desse conta, peguei uma longa e pontiaguda faca de açougueiro e a guardei embaixo do colchão. Quando o barulho da discussão no quarto principal me acordava (eu tinha o sono muito leve: estava sempre alerta, guardiã, vigilante), eu comprovava que, efetivamente, a faca estava embaixo do colchão. Então, esperava. O volume das palavras, que meus pais lançavam entre si como dardos, não me permitia saber com exatidão a gravidade do conflito que estava acontecendo no interior do cômodo. Eu procurava afiar o ouvido, minha cabeça se estirava em direção ao quarto, mas eu não podia entender as palavras. Estava disposta a intervir (com a faca na mão, se fosse necessário), mas não sabia quando tinha que fazê-lo. Temia que, se esperasse demais, minha intervenção fosse inútil; temia chegar tarde, que algo irremediável acontecesse enquanto eu esperava. Por isso fiquei muito sensível aos detalhes, aprendi que se o volume das palavras com as quais discutiam não me permitia entendê-las, era possível que a discussão se prolongasse sem piorar. Outras vezes, no entanto, escutava algum insulto, uma voz furiosa do meu pai, e então, nervosa, agitada, me levantava da cama, brandia a faca, e me postava em silêncio diante da porta fechada. As vozes subiam de tom e os insultos se transformavam em juízos de valor. "Má esposa", "mau pai", "egoísta", "bêbado", "histérica", "fracassado" eram palavras isoladas que eu podia entender de trás da porta, e calibrava sua densidade, sua capacidade de ofender, de ferir, para imaginar as possíveis reações. Não sabia dizer exatamente se "bêbado" era mais cruel que "fracassado" ou se "neurótica" era pior que "histérica". A cada instante eu podia ter que tomar uma importante decisão. Devia irromper abruptamente no quarto dos meus pais ao escutar a palavra "asqueroso" pronunciada pela minha mãe, prevendo que meu pai, ao receber o insulto, lhe daria um soco violento? Se minha irrupção fosse precipitada, as coisas poderiam ficar piores. É possível que meu pai, ao me ver entrar com uma faca na mão, se exasperasse mais ainda e, em vez de se acalmar, aumentasse a violência. Também podia acontecer que minha abrupta irrupção no quarto tivesse o efeito de interromper a discussão e evitar um desenlace sangrento. Eram decisões graves para uma menina pequena, eu precisava tomá-las a cada instante, e todas elas tinham riscos muito difíceis de calcular.

Na maioria das vezes eu ficava aguardando na soleira da porta fechada, escutando atentamente. Se depois de um tempo de cochichos ininteligíveis se produzisse um silêncio, havia duas possibilidades: que a discussão tivesse cessado, por enquanto, ou que meu pai furioso se levantasse de súbito da cama, abrisse ruidosamente a porta do quarto e, atravessando a passos largos a sala, desaparecesse da casa, fundindo-se na noite escura. Tinha ocorrido muitas vezes. Não era necessário que eu me escondesse: meu pai abandonava o leito conjugal e a casa tão enfurecido, tão cego de raiva, que não me via na escuridão do batente e, se por acaso me visse, não dava a menor importância. Quando isso acontecia, eu corria para fechar o ferrolho da porta da frente. Passava o ferrolho para que meu pai não voltasse e, se lhe ocorresse voltar, não pudesse entrar. Minha mãe me deixava fazer isso, não se opunha a esse gesto que interditava a casa para meu pai. Ele só voltou uma vez. Só uma vez fechei o ferrolho atrás dos passos furiosos do meu pai e, quando acreditei que o havia afugentado para sempre, ele voltou atrás, deu marcha à ré. Tentou abrir a porta com sua chave, mas a porta não cedeu: eu tinha passado a tranca. Golpeou-a, enfurecido, empurrou com o corpo todo, começou a dar chutes (sem falar, sem gritar: só o ruído surdo abrupto dos golpes contra a porta). Eu não estava disposta a abrir. Esperava que ele, cansado de chutar, decidisse ir embora. Esperava que considerasse que essa porta tinha se fechado definitivamente. Então, minha mãe se levantou da cama, atravessou de camisola o batente e me viu. Ela me olhou com certo ar de culpa e compreendi que ia ceder. Minha mãe sempre terminava cedendo porque era mais covarde que eu. Olhou fixo para a porta e eu me empenhei em fingir uma serenidade que não tinha.

— Abra a porta! — gritou meu pai, dirigindo-se certamente à minha mãe. Não podia ou não queria suspeitar que era eu quem estava atrás dela com uma determinação inabalável.

Ambas escutamos o grito, o chute na porta. Houve um silêncio contido, um silêncio longo, duro.

— É melhor você abrir — murmurou minha mãe, sem se aproximar da porta. Eu continuava em pé, olhando fixamente para o ferrolho de ferro que tinha conseguido fechar, não sem dificuldade, pelo peso.

— Abra logo essa porta! — voltou a gritar meu pai, convencido de que a resistência provinha da sua mulher.

Minha mãe suspirou. Um suspiro breve, resignado, de alguém que perdeu a esperança.

— É melhor você abrir — repetiu em voz baixa.

— Eu não o mandei sair, não tenho por que o deixar entrar — eu disse, resistindo sem sair do lugar. Gostava da ideia de que meu pai não pudesse voltar a entrar. O poder tinha trocado de lugar: agora era nosso. Se eu não abrisse, ele teria que se perder na intempérie, sozinho, na escuridão da noite; suplicaria muitas vezes, mas não poderia entrar à força: a porta era robusta demais e o ferrolho era de ferro. Então, esgotado de suplicar, teria que ir embora. Não me importava aonde fosse. E, se regressasse, voltaria a encontrar a porta fechada e nós duas dormindo, comodamente dormindo, sem sua presença perturbadora, ameaçadora, inquietante. Protegidas por uma tranca enferrujada.

Meu pai voltou a gritar. Era curioso que seguisse dando ordens do outro lado da porta fechada, porque eram ordens que precisavam de força agora que nós duas tínhamos recuperado o poder. Mas minha mãe titubeava.

— Você deveria abrir — ela sugeriu, ou suplicou? — Está muito tarde e ele não terá onde dormir. Além disso, está frio. — Agora minha mãe parecia me delegar o poder, concedê-lo a mim. No entanto, não era uma atribuição real. Certamente minha mãe sabia que eu sempre cumpria seu desejo oculto, seu desejo não declarado, e que seus desejos eram ordens para mim, e que ao sugerir (apenas sugerir) que tivesse pena dele estava confessando sua piedade.

— Ele mereceu — eu protestei, ainda. — Pode ir para um hotel — insisti.

— Não terá dinheiro para um hotel — respondeu minha mãe de maneira indiferente.

Era assim: meu pai, todo paixão. Minha mãe, mais fria, mais racional, mais objetiva. ("Você é igual ao seu pai", me dizia às vezes, e eu odiava a semelhança. Como eu podia me parecer com o que mais detestava no mundo?)

— Que peça emprestado — respondi, punitiva. Não queria abrir o ferrolho. Sabia que se abrisse o ferrolho estaríamos perdidas. Outra vez o poder voltaria ao meu pai. E essa noite não (certamente estava cansado, todos estávamos cansados), mas outra noite qualquer a peça voltaria a se repetir.

— Está muito tarde — disse minha mãe. — Ele vai pegar uma pneumonia. É melhor você abrir.

Agora havia avançado uns passos em direção à porta e, embora eu estivesse certa de que ela não se aventuraria a abrir o ferrolho, também sabia que, se não aceitasse sua sugestão ("seu desejo é uma ordem", mãe), a cumplicidade tácita que sempre nos unia seria rompida.

Então cabia a mim abrir o ferrolho e permitir que meu pai entrasse em casa e voltasse ao quarto que tinha abandonado em um ato de fúria. "Você tem certeza de que é isso que você quer?", pensei, mas não disse. Não era o momento de perguntar à minha mãe seu verdadeiro desejo. Na verdade, esse momento não chegava nunca. Eu era a intérprete dos desejos da minha mãe e devia lê-los sem perguntar, sem questionar, sem discutir. Os desejos se interpretam e se cumprem, mas não se discutem. Os vassalos não os discutem, e eu era a vassala da minha mãe, não do meu pai.

Desencantada, abri a porta. Meu pai estava do outro lado, calado, subitamente sereno, detido no momento em que recuperava o poder, mas inseguro dessa vez de como usá-lo. Talvez inconscientemente vacilasse entre exercê-lo de uma maneira brutal, como estava acostumado, ou conceder uma trégua. Em todas as guerras há tréguas.

Entrou sem me olhar e sem falar. Minha mãe, de costas, retornava ao seu quarto como uma atriz que desaparece da cena. Ele, mais calmo, também se dirigiu ao dormitório. Quando o vi fundir-se na escuridão do quarto, fechei a porta da frente, sem trancá-la. Então houve um longo, contínuo silêncio. Eu me senti mais sozinha que nunca. A porta fechada do aposento dos meus pais me isolava, me separava, mas eu estava cansada e me dirigi ao meu próprio quarto. Necessitava de um sono reparador, um sono sem cautela, sem vigília. Até a próxima noite em que tudo voltaria a se repetir como uma peça de teatro.

Eu tinha um pesadelo repetitivo. Sonhava que entrava em uma sala de teatro ou de cinema, mas a sessão acontecia às minhas costas, sem que eu pudesse ver o que transcorria no cenário ou na tela. Nunca sabia o que acontecia, mas ao mesmo tempo eu estava ali. Permanecia afastada, separada da ação. Não via os atores nem escutava suas palavras, mas sabia que estavam ali. Era uma espectadora muda e cega.

Desde então, compreendi a importância de não saber. Não saber gerava angústia e incerteza. Não saber era não poder: como se podiam tomar as decisões corretas a partir da ignorância? Eu podia me equivocar, podia entrar no quarto dos meus pais em um momento inoportuno, enganada pelos gritos ou pelo silêncio. Podia precipitar a catástrofe no meu afã por evitá-la.

Dormia mal e tinha muitos pesadelos. Quando o cansaço me rendia, eu conseguia adormecer, mas era um sono sobressaltado, como o de alguns animais que dormem vigilantes. Às vezes nos sentimos sobrecarregados pelas tarefas que nos encomendam. Como Noé no Dilúvio. Salvar um casal de cada espécie de animais deve ter sido uma tarefa exaustiva e maçante. De modo que, se tivesse esquecido as girafas ou os rinocerontes, os descendentes de Noé não teriam conhecido os longos pescoços das girafas nem o chifre ungulado dos rinocerontes. Eu podia imaginar um Noé sobrecarregado tentando fazer entrar na arca um casal de guepardos pintados ao mesmo tempo que um par de gazelas-de-thompson e evitar que os guepardos as devorassem enquanto chovia torrencialmente. Ele também salvou os insetos? E os aracnídeos? O Gênesis não era muito claro a respeito. "É uma metáfora", me disse minha mãe e senti um assombro, primeiro, e então certa decepção. De maneira que as histórias não podiam ser tomadas de maneira literal. Pelo menos nem sempre. "Quando eu devo tomá-las literalmente e quando não devo?" Não havia regras precisas. Isso aumentava a incerteza. Também nesses casos era preciso escolher, e cada escolha era um novo risco que se corria.

Como Noé no Dilúvio, eu me sentia aflita e esgotada.

Depois de cada enfrentamento com meu pai, eu deixava de falar com ele. Castigava-o com o silêncio. Ele impunha sua força bruta, mas eu tinha uma arma própria, uma arma oculta: meu silêncio. Deixava de falar com ele e meu pai se sentia ferido, acusado e julgado pelo meu silêncio esmagador. Quando nos encontrávamos na hora de comer ou nos cruzávamos no corredor da casa, eu não o cumprimentava nem falava com ele, e esse silêncio tenso, evidente e obscuro terminava por exasperá-lo. Às vezes, tentava me bajular com presentes. Trazia um quebra-cabeça novo, um urso de pelúcia ou um trem mecânico, mas eu era insubornável. Ao contrário da minha mãe, eu tinha princípios, não negociava. Ele deixava o quebra-cabeça em cima da minha cama na hora de comer, me entregava um presente embrulhado em papéis coloridos e fitas amarelas, mas eu me mostrava indiferente. Eu tinha que ter muita integridade para renunciar ao quebra-cabeça de cento e cinquenta peças que havia desejado tanto, mas a integridade era um teste, uma prova da qual sempre saía bem-composta, sem nenhuma expressão que revelasse o esforço, o sacrifício.

Minha mãe também tentava nos reconciliar. Para que ela queria nos reconciliar se da próxima vez que ele a ameaçasse eu teria que defendê-la e enfrentá-lo novamente? Eu não queria estabelecer uma paz efêmera, enganosa, falsa, uma paz precária. Era insubornável. Se meu pai acreditava que poderia me comprar com um quebra-cabeça ou um pião sonoro, lhe mostrava que eu não tinha preço.

Depois das tentativas infrutíferas de me subornar, meu pai se enfurecia. Ao se sentir rejeitado, sua cólera voltava a explodir. Já não pretendia me seduzir, me conquistar com presentes: agora queria forçar a reconciliação imperativa e imperiosamente, pela força. Queria que eu obedecesse a ele não por respeito, mas por obrigação. Agora me ameaçava e me castigava. Se eu me negasse a cumprimentá-lo, me trancava no banheiro. Era um banheiro pequeno, tinha apenas uma pia lascada e uma privada. Minha mãe guardava a vassoura e os produtos de limpeza ali. Meu pai trancava o banheiro e somente quando eu estava disposta a lhe pedir desculpas, ajoelhada e suplicante, ele me autorizava a sair. Entrava na minha prisão, na minha jaula, com dignidade, como uma princesa ou uma rainha encarcerada pelo orgulho, pela injustiça, a intolerância e a prepotência ou a luxúria de um rei ou de um imperador. Não é que eu gostasse de estar presa: não queria conceder-lhe o orgulho do triunfo, da humilhação. Meu pai me reduzia a uma cela estreita e eu entrava no pequeno recinto sem suplicar, sem derramar uma só lágrima nem rogar clemência. Ele fechava a porta e ia dormir. Se eu quisesse sair, tinha que transmitir uma mensagem através da minha mãe. Tinha que confessar que estava disposta a me ajoelhar diante dele. Então, minha mãe iria até o quarto, acordaria meu pai e comunicaria a ele que sua filha estava disposta a lhe pedir desculpas. Meu pai tinha o sono pesado e era possível que não acordasse imediatamente. Também é possível que ele fingisse estar dormindo para prolongar o castigo. Mas nenhuma dessas possibilidades me concerniam porque eu não estava disposta a pedir desculpas.

O banheiro era muito pequeno, mal podia me sentar no chão, no espaço entre o vaso sanitário e a parede. O pior não era o frio — fazia bastante frio e as paredes exalavam umidade —, mas a tristeza e a privação. Uma lâmpada exposta pendia do teto, mas a luz era escassa e de todo modo não havia nada para iluminar. Eu não tinha com que me entreter nem brincar, e essa era a pior parte do castigo. Com o tempo e a reiteração do castigo, soube me abastecer de alguns pequenos recursos para as épocas de penitência. Guardei em uma caixa velha de biscoitos uma série de objetos que podiam servir para eu me entreter enquanto estivesse trancada, lápis de cores, pedaços de giz, alguns pregos enferrujados, pedaços de barbante, um frasquinho de vidro vazio que tinha contido perfume e uma pequena navalha de dois gumes. Também guardei na caixa de biscoitos um caderno de folhas sem linhas onde podia escrever sem que ninguém visse. Quando se haviam passado várias horas de confinamento, minha mãe começava a suplicar. Me aconselhava que pedisse desculpas. Se oferecia de intermediária entre meu pai e eu. A princípio, eu me negava estritamente a ceder e não respondia. Detestava a fraqueza da minha mãe, sua falta de princípios. Ela nunca levava a rebeldia até o fim, sempre havia um momento em que cedia. No instante em que minha mãe cedia, eu me prometia mais firmemente que não devia nunca ceder, nem consentir, nem desistir. Minha mãe não se importava com a justiça, mas com pôr um ponto-final no conflito. E para que isso acontecesse eu tinha que negociar e suplicar desculpas ao meu pai. Este, como um deus invencível, todo-poderoso, tirânico e despótico, concederia seu perdão após a humilhação da suplicante. Nisso consistia o ritual. Os papéis eram fixos e determinados. Eu até podia assegurar que esses papéis estavam assignados antes mesmo que eu nascesse. Tinham sido configurados há muito tempo em mitos e lendas. Correspondiam tanto à religião quanto à história. Assignados pelo sexo e pelo gênero. Mas eu estava disposta a lutar. Não me importava de morrer no combate. Era muito jovem (tinha só dez anos) e, como todas as crianças, não temia a morte: temia as injustiças da vida.

Não supliquei. Minha mãe cansou de implorar, do outro lado da porta, mas, vencida pelo meu silêncio determinado, desistiu. Durante um tempo não se ouvia nada. Eu tampouco podia ver nada através do vidro fosco da porta do banheiro: no máximo um vulto borrado que se deslocou até o quarto e que deduzi ser minha mãe. Cansada de lutar contra minha silenciosa obstinação e resistência, ela tinha ido até o quarto e agora provavelmente tentava convencer meu pai de que perdoasse a filha sem necessidade de que esta lhe pedisse desculpas. Pedia a ele que abrisse a porta sem a humilhar. Ele por fim abriu os olhos, olhou-a fixamente e na sua irritada firmeza havia um propósito tão teimoso e resistente quanto o da filha. "Tal pai, tal filha", pensaria minha mãe. Nos piores momentos sempre acreditava encontrar afinidades entre nós dois. As afinidades orgulhavam íntima e silenciosamente meu pai e me ofendiam, me faziam arrepiar. "São iguais", podia dizer com infinito desprezo. Éramos iguais? Essa semelhança era real? Ou se tratava da amargura da minha mãe, uma maneira de me jogar para ele, sabendo que eu retornaria a ela mais submissa que nunca, mais fiel que nunca, mais entregue, mais servil, mais vassala, mais apaixonada, mais dócil?

Na primeira vez que fiquei confinada, nada se moveu na casa. Eu estava com as pernas encolhidas, mas não podia realizar nenhum movimento no banheiro, era estreito demais. Acendi a luz, para me dar um pouco de calor, e me entretive fazendo desenhos na parede com um pedaço de gesso que eu tinha arrancado. Era domingo — por isso meu pai estava em casa fazendo a sesta — e eu teria gostado de sair; mas, depois de um tempo trancada no banheiro pequeno sem ventilação, decidi que não se tratava de um castigo, mas de uma escolha. De fato: ao conseguir arrancar um pedaço de gesso da parede dispus de um elemento para desenhar e elaborei um projeto: ia desenhar a rua, de esquina a esquina, tratando de reconstruir os prédios, as lojas, o portão das casas. Não desenhava muito bem, mas observava bem os detalhes, de modo que podia me lembrar da forma da campainha antiga da porta do cinema, da marquise da sapataria, do gato malhado da varanda do segundo andar do armazém, da escada de mármore da marcenaria e do perfil do piano de corda preto que se via de uma janela. Me entusiasmei com o projeto e a partir desse momento deixei de sentir tristeza pela minha situação. Eu já não era a filha castigada por um pai despótico e violento, mas uma artista em pleno processo de criação. Já não era necessário sair do banheiro suplicando perdão: agora estava no banheiro por vontade própria, a permanência obrigatória se transformava em uma permanência escolhida. Não tive palavras para dizê-lo, mas dessa vez aprendi um recurso que seria de muita ajuda em outros momentos da minha vida: transformar a obrigação, a pena, em vontade, em desejo.

Quando caiu a noite, minha mãe bateu com força na porta do banheiro. Eu não lembrava que era domingo? Logo viriam minha avó e minhas tias para jantar: eu tinha que pedir desculpas ao meu pai para trocar de roupa e recebê-las. O que iam dizer se me encontrassem trancada no banheiro? Imediatamente se dariam conta da situação e minha mãe se sentiria muito humilhada, muito envergonhada. O argumento não me convenceu, mas o levei em consideração. Minha mãe insistiu. Teria que reconhecer perante a família o fracasso do seu casamento, as frequentes brigas conjugais, o ódio entre pai e filha. "Não importa", pensei, "é a verdade." Mas minha mãe queria evitar essa humilhação e eu tinha que ajudá-la. Outra vez me pedia ajuda. Eu tinha que contribuir para sustentar a farsa, tinha que ajudá-la a conservar as aparências. Por que minha mãe queria conservar as aparências? Qual era a utilidade das aparências? Agora minha mãe não tinha tempo de explicar, só suplicava que eu pedisse desculpas ao meu pai. Se lhe pedisse desculpas eu poderia sair do banheiro, trocar de roupa, minha avó e minhas tias chegariam de visita, comeríamos todos juntos, como se constituíssemos uma família, uma verdadeira família (uma família unida jamais será vencida). Tinha que fazê-lo por amor a ela. A cada tanto minha mãe me pedia provas de amor. "Se você me ama, faça isso." Ou "se você me ama, não deve fazer isso". As provas de amor incluíam tanto coisas que eu tinha que fazer quanto coisas que eu tinha que deixar de fazer. "Faça isso por mim" parecia um argumento definitivo. Só muitos anos depois (quando eu já era uma mulher) me perguntei por que sempre cedi a esse recurso da minha mãe (em certo sentido, foi uma chantagem) e, no entanto, jamais o empreguei. Nunca me ocorreu implorar a alguém que fizesse algo ou deixasse de fazê-lo para demonstrar seu amor. O amor de uma mãe não necessita de provas nem demonstrações. É pressuposto. Ao contrário, como filha eu me via condenada a provar ou demonstrar o carinho que sentia por ela. Se eu nunca o empregara devia ser porque me parecia algo desonesto, não completamente desonesto, mas sutil, sorrateiramente desonesto. Uma manipulação.

— Diga para elas que ele me trancou aqui — eu disse.

Ela não estava disposta a dizer isso. Parecia-lhe escandaloso. Vergonhoso. Humilhante. Era muito melhor que eu me desculpasse, trocasse de roupa e pudéssemos jantar todos juntos.

— Faça isso por mim, por favor — suplicou minha mãe.

Eu não suportava ver minha mãe no papel de suplicante. Embora não a visse (a porta do banheiro me impedia), podia imaginá-la, nervosa, com o olhar aterrorizado e inquieto, como se temesse algo horroroso que podia ocorrer. Eu não suportava que minha mãe tivesse que suplicar. As mães não deviam suplicar a ninguém. Tomei uma decisão.

— Diga para ele que vou pedir desculpas — admiti.

Vi a sombra da minha mãe deslizar até o quarto. Não pude escutar a conversa, mas logo ouvi o barulho da chave de metal na fechadura do banheiro. A porta se abriu. Ali estava minha mãe, vestida com sua camisola branca e seu robe azul-celeste, ansiosa porque estava ficando tarde, as visitas estavam para chegar e ainda não havíamos nos reconciliado.

— Seu pai está te esperando — disse. — Se apresse. Você tem que tomar banho, se vestir, se pentear e sorrir como se nada tivesse acontecido.

Eu me dirigi ao quarto dos meus pais. Ali o vi, jogado na cama de barriga para cima, os lábios fechados, o olhar aborrecido, severo.

Não me aproximei muito.

— Desculpa — resmunguei, com os lábios quase fechados.

Ele me encarou por um tempo.

— Mais alto — disse.

Hesitei uns instantes, mas, por fim, temendo sua reação, acatei.

— Desculpa — disse, entre os dentes.

Voltou a me encarar, agora com raiva.

— Ajoelhada! — gritou. — Peça desculpas ajoelhada!

Hesitei. Engoli fogo. Odiei-o furiosamente enquanto imaginava vinganças perversas.

Primeiro dobrei uma perna, depois a outra.

Permaneci uns minutos em silêncio, até que murmurei:

— Desculpa.

Meus joelhos doíam tanto quanto meu amor-próprio. E ele não se mexeu da cama. Esperamos um pouco assim, eu inclinada, ele deitado. Até que, com um gesto com a mão, fez sinal de que eu podia ir embora. Estava perdoada dessa vez. Suficientemente humilhada.

O episódio se repetiu tantas vezes que adquiri um costume: depois de uma desobediência ou de responder ao meu pai, eu mesma, sem necessidade de que ele dissesse nada, me dirigia ao banheiro de paredes cinza e fechava a porta, passando a tranca atrás. Desse modo o privava do prazer de me castigar: eu mesma assumia as consequências dos meus atos.

Com o tempo, fui dispondo de uma série de recursos para passar a tarde de domingo confinada. Aprendi a fazer música com alguns fios de seda que tensionava entre os dentes e a mão. Soava como as cordas de um violão e o exercício persistente me permitia executar algumas melodias. Cavei vários buracos na parede com uma colherzinha de metal que escondi na minha roupa, onde guardei pedaços de papel-alumínio com restos de chocolate, balas e chicletes. Guardei vários gizes coloridos nos bolsos que me permitiam pintar as paredes, e até consegui introduzir uma página de um folhetim ilustrado que eu observava sentada na tampa da privada. Comecei a considerar que essas tardes de domingo eram como retiros de meditação, criação e intimidade.

Da última vez, eu me neguei a pedir perdão para sair. Então foi minha mãe quem abriu a porta. Meu pai não disse nada. Vagamente havia intuído que um castigo repetido muitas vezes perdia o efeito. Tinha que passar a outras formas de luta, de enfrentamento.

O DESEJO

Bateu na porta em uma tarde de verão, na hora da sesta, quando todos dormiam. As ruas estavam desertas, castigadas pelo sol, escutava-se o canto das cigarras nas árvores e o concreto reverberava, duplicando a borda das coisas, como uma lente deformante. Na época, em Montevidéu, os mendigos eram chamados de *bichicomes*. Perguntei à minha mãe o que queria dizer a palavra e ela me disse que eram tão pobres, que comiam bichos. A explicação me impressionou, porque, nos meus escassos seis anos, *bichos* eram os insetos: as formigas, os mosquitos, os vagalumes e as minhocas. Eu comia todos os dias carne de vaca, mas a vaca não era um bicho. Era um animal. Uma infinita piedade me invadiu pelos comedores de bichos que, na sua indigência, não conseguiam comer um animal de verdade.

A hora da sesta, quando todos dormiam, era o momento da liberdade e da fantasia. Liberada da presença dos adultos, cheios de leis, normas e proibições, eu me sentia uma exploradora, uma investigadora, disposta a conhecer o vasto mundo e a enfrentar os riscos e perigos de tal empreitada. Por isso, não hesitei em abrir a porta: corri apressada, disposta a me deixar surpreender pelo que fosse, maravilhoso ou horrível, mas sempre novo e desconhecido. Os adultos dormiam, e isso me permitia abrir a porta sem cautela, com espírito de verdadeira liberdade, quer dizer, sem saber com quem me encontraria. O homem que tinha batido era um *bichicome*. Tratava-se do primeiro *bichicome* da minha vida; se tinha visto algum outro, foi de longe e vagamente. Abri a porta com firmeza e o vi, ocupando toda a soleira: o corpo coberto de farrapos, uns papéis cinza e sujos no lugar de sapatos, o rosto coberto de rugas, as mãos com crostas e manchas escuras. Não era muito alto, tinha uns belos olhos azul-celeste e uma expressão triste, desamparada, que me comoveu. Eu não conhecia na época a palavra *depressão* nem a palavra *melancolia*, mas a intuição me bastava para entender, antes da linguagem.

O homenzinho me olhou (se aquela maneira desbotada de pousar os olhos celestes, aquosos, podia se chamar olhar) e com um fio de voz, tênue, me pediu:

— Você tem um isqueiro velho?

Eu estava acostumada a que os mendigos do portão da igreja ou os que esperavam a vez para comer ou dormir na Casa de Caridade pedissem moedas, e na minha casa, de imigrantes pobres, sempre se praticava a caridade, mas jamais tinha me ocorrido que um mendigo pedisse um isqueiro velho. Compreendi a firmeza do seu desejo: algo que podia ser representado e então nomeado; isso, e nenhuma outra coisa no mundo.

Rapidamente voltei para dentro de casa, deixando o *bichicome* na soleira, com a porta aberta, porque compreendi, também, que os desejos mais fortes são urgentes, imperiosos. Não disse nada: me virei como quem entendeu sua missão e a cumprirá com convicção. No entanto, minha vontade de satisfazer o desejo desse homem franzino e deprimido se chocava com uma limitação: onde eu podia encontrar um isqueiro velho? A essa hora, enquanto todos dormiam, eu estava acostumada a estabelecer uma relação pessoal, intensamente subjetiva com o espaço, os móveis e os objetos da casa; podia dizer quantos relógios havia, a que horas tocavam e onde estavam, podia dizer onde se guardavam os rolos de linhas coloridas, os frascos de perfume e os cobertores de inverno, assim como os potes de geleia caseira e os pêssegos em calda, mas a verdade é que não havia isqueiros velhos em nenhum lugar da casa, ou, pelo menos, eu não os tinha visto. Enquanto voltava, apressada, ao interior da casa, com sua grande claraboia aberta por causa do calor, lembrei que meu pai fumava e, portanto, devia ter algo como um isqueiro. Mas meu pai guardava os fósforos ou o que fosse nos bolsos, e além disso a essa hora não estava em casa. Bem: eu sabia que uma gaveta do armário da cozinha era de uso exclusivo do meu pai: ali guardava as cartas de baralho, seus óculos de leitura, os lápis de desenho, e talvez, pensei, com esperança, algum isqueiro velho. Decidi ignorar a proibição de abrir essa gaveta e mexer nas coisas, mas algo no meu íntimo me dizia que a busca era inútil. No meio-tempo, enquanto procurava o isqueiro velho, ia acumulando em uma sacola tudo o que me parecia útil e aconselhável para a vida do *bichicome*: certamente, passava fome, de modo que enfiei na sacola todas as laranjas que encontrei (minha mãe dizia que eram ricas em vitaminas), um grande pedaço de queijo, outro de presunto, vários limões, bananas, o resto de uma torta de maçã, uma garrafa de licor, as meias que minha mãe guardava para remendar, vários lenços e todas as moedas que achei. Mas a tarefa de coletar ansiosamente comida e utensílios para o *bichicome* era secundária: na verdade eu buscava, embora cada vez com menos esperança, um isqueiro velho.

Revirei a gaveta do armário com o furor de um ladrão que busca uma única e exclusiva peça, mas foi em vão: ali não havia nenhum isqueiro velho. Roubei, em compensação, um canivete de múltiplos usos que me pareceu imprescindível para a vida de *bichicome*. Me dirigi, um pouco desanimada, à cozinha: encontrei várias caixas de fósforo, nada mais. Mas devo ter feito barulho na minha procura, porque de repente escutei que no quarto dos mais velhos o movimento começava.

Sem isqueiro, mas carregada com tudo o que tinha podido reunir na minha vertiginosa exploração, me dirigi à porta. Ali, pálido, silencioso, humilde, o *bichicome* esperava.

— Não encontrei um isqueiro velho — me desculpei, atropeladamente —; mas, em compensação, trouxe outras coisas para você — acrescentei e abri a sacola.

As bananas revelaram seu torso, o queijo e o presunto lançaram seu denso odor, a torta seu aroma mais doce e o canivete luzia seus múltiplos braços, mas o *bichicome* olhou tudo aquilo com desilusão.

— Não tem um isqueiro velho? — insistiu o homem, sem pegar a sacola que eu lhe oferecia. — Não quero outras coisas — acrescentou.

Fiquei pensativa por um instante. Nesse momento compreendi mais vertiginosamente sobre o desejo do que anos mais tarde, nos livros de psicologia.

— Vou tentar encontrar um — eu disse. — Volte amanhã.

Eu tinha tão poucas esperanças de encontrar um isqueiro velho quanto ele, e isso me desanimava um pouco (por que as pessoas jogavam no lixo seus isqueiros velhos, sem saber que alguém, um alguém qualquer, poderia desejá-los tão intensamente?), mas, se algum dia eu encontrasse um, ia dá-lo a esse homem como quem compartilha um segredo.

O BICHICOME

Ao voltar do colégio o encontrava todas as tardes ali, apoiado contra a parede de cal cinza, com o olhar perdido em um ponto remoto, ultramar, talvez. Não pedia dinheiro. Não falava. Não suplicava. Não parecia olhar para ninguém. Sentado contra o muro, com as pernas abertas, o escasso cabelo grisalho e as roupas esfarrapadas, parecia ter perdido uma guerra ou se extraviado de um país desconhecido. No entanto, não transmitia inquietude, mas uma insólita sensação de distância, de estranhamento. Eu passava em frente a ele temerosa, não sabia se esse desconhecido era perigoso, embora não parecesse me notar, nem notar as castanheiras das calçadas, nem algum carro caindo aos pedaços que passava na rua, capengante e barulhento. Acho que todos fomos nos acostumando a vê-lo ali, como uma parte da paisagem, como as buganvílias de cor fúcsia, como o muro, como as folhas que o vento arrastava e eram varridas repetidas vezes pelas mulheres das casas (irmãs de Sísifo).

Até que um dia o vi. Tinha olhos azul-celeste. Os olhos azul-celeste são olhos cegos, são olhos que não deixam olhar para dentro nem parecem olhar para fora. "Ele é esquizofrênico", disse minha mãe, e o diagnóstico me deixou confusa, porque eu não sabia o que queria dizer. "Afaste-se dele", acrescentou. Mas eu me sentia fascinada pelo vazio desses olhos azul-celeste. Para onde olhavam? De onde vinham? Minha mãe me disse que era um mendigo, e, no entanto, eu nunca o vi pedir esmola. Ele se limitava a estar sentado contra o muro, sem se mover, com o olhar perdido. Eu me perguntei para onde iam os olhares que não se fixavam em nada. Mendigo era sinônimo de *pordiosero*.* (Por que deus zero?) Mas minha avó disse que se tratava de um *"bichicome"*. A palavra me golpeou, com sua brutalidade. Então os *pordioseros* comiam bichos? Se alimentavam de lagartas, de mosquitos, de insetos e de baratas? Não podia acreditar que um homem de olhos azul--celeste e um rosto tão sereno (tão perdido) se alimentasse dessas porcarias. Nunca o havia visto comer, nem bichos nem outra coisa, tampouco beber, embora uma vez tenha notado uma garrafa de vinho vazia ao seu lado.

Todo mundo do bairro havia observado sua presença e eu estava muito atenta aos comentários e rumores que corriam sobre ele. Era o único mendigo que tínhamos no bairro na época, embora não fosse um bairro de ricos, mas de ansiosos e limpos emigrantes italianos, poloneses, russos e espanhóis. Algumas pessoas diziam que ele era um marinheiro aposentado. Seu barco tinha naufragado e ele não quis abandoná--lo, mas não pôde suportar a tragédia; desde então, em terra, ansiava o mar, mas as ondas lhe traziam lembranças ruins. Era um marinheiro perdido, isto é, um homem que perdeu o norte. Eu escutava essa história com uma mistura de terror e compaixão. Às vezes, pensava que a cor azul-celeste dos seus olhos era devido ao mar. A tanta água que havia acumulado nas pálpebras. "Os homens do mar cheiram de outra maneira", escutei uma vizinha dizer, mas eu não sabia como cheiravam nem sequer os homens que nunca tinham saído ao

---

* Como o próprio texto diz, *pordiosero* significa, em castelhano, alguém que pede esmolas. Algumas fontes indicam que a palavra vem da expressão "por Dios", "por Deus". (N. T.)

mar. Se esse homem levava o mar nos olhos, então também levava sua tristeza. Eu já tinha ouvido falar de alguns terríveis naufrágios. O *Titanic*, o *Nautilus* e o barco alemão que afundou na costa do nosso próprio mar (o Rio da Prata, que não é nem rio, nem mar, é um estuário, mas que nós sempre chamamos de mar, porque se perde no horizonte, jamais se avista a outra margem, e tem correntes violentas, como o oceano, e uma onda misteriosa, a grande onda persecutória que aparecia um verão a cada dez anos e arrasava a praia, engolindo as crianças, engolindo as mulheres, engolindo as barracas, os guarda-sóis, os objetos pessoais, cobrindo toda a areia e construindo um cemitério, o cemitério marinho. Anos depois, descobri que Paul Valéry tinha escrito um poema com esse lindo nome.* E demoraria toda uma vida, uma vida inteira, para chegar até as rias da Galícia, nas quais as mulheres fincam cruzes de pedra ali onde se afogaram seus maridos, seus irmãos, seus filhos e seus netos. Cada cruz é um náufrago). Parecia que o destino dos barcos, dos grandes barcos, era, cedo ou tarde, naufragar em meio a terríveis tormentas, de ondas escuras e redemoinhos vertiginosos, como os círculos do inferno. Aos domingos, minha família ia ao porto, para ver os grandes navios brancos como baleias que vinham da Europa e se reabasteciam no cais; deixavam sua carga de tristes emigrantes (derrotas de exilados) e enchiam seus porões de combustível para seguir o rumo. Mas, enquanto estavam ancorados (*áncora* era uma palavra da qual eu gostava muito mais que *ancla*),** os grandes barcos pareciam quietos, mansos, baleias encalhadas. (Alejandro Casona deve ter escrito *A sereia encalhada* naquela época.) Custava-me um pouco

---

* *Le cimetière marin* (O cemitério marinho), 1920. (N. E.)
** Tanto *áncora* quanto *ancla* significam "âncora" em castelhano, embora a segunda seja bem mais utilizada. (N. T.)

imaginá-los como enormes bocas abertas que devoravam homens, engoliam água, expulsavam máquinas e por fim submergiam, rapidamente, em direção ao cemitério oculto do mar, na profundidade sombria e tenebrosa. A história do *bichicome* como um marinheiro aposentado depois de perder seu barco me enchia de pena e compaixão. Parecia-me completamente plausível que a tristeza e o espanto o tivessem deixado assim, frio e indefeso, desamparado e sozinho, apoiado na parede — contra a água, a solidez da pedra — e desprovido de qualquer desejo. Imaginava que repetidas vezes o marinheiro aposentado evocava a violência do tsunami, as ondas descontroladas, o inferno do mar à espreita como um animal de boca aberta. Eu também tinha medo do mar, medo e ao mesmo tempo uma terrível atração, como se o mar fosse um ímã (nome dos sacerdotes de uma religião que não era a nossa).*

Em uma transparente e luminosa tarde de verão, depois de ter passado muitas vezes frente a ele sem conseguir que seus olhos azul-celeste dessem o menor sinal de reconhecimento, tomei uma decisão heroica e audaz: sentei-me ao seu lado, contra a parede, como se fôssemos irmãos, como se nós dois estivéssemos esperando algo. Não pareceu observar minha presença, nem eu me senti intimidada. Foi algo natural, como se se tratasse de uma árvore, um tronco ou um poste de luz. Lentamente, desembrulhei um sanduíche que levava na pasta do colégio e com estudada parcimônia comecei a comê-lo. Era um sanduíche de presunto e cheirava muito bem. O homem não pareceu perceber. Continuei comendo em silêncio, até que, por fim, resolvi silenciosamente oferecer a ele o último pedaço. Olhou-o distraído, como se se tratasse

---

* A autora se refere a "imã", figura religiosa do povo islâmico. Em castelhano, tanto "ímã" quanto "imã" se escrevem como *imán*. (N. T.)

de uma protuberância estranha que tinha crescido na minha mão, e voltou a perder seu olhar no horizonte. Talvez não comesse nunca, ou tinha decidido morrer de inanição, apesar de minha avó dizer que era um *bichicome*. E, de repente, não pude conter a pergunta. Não sei se tinha pensado nela antes, mas me surgiu subitamente:

— O mar é um ímã? — eu disse.

O *bichicome* pareceu não me ouvir, mas eu sabia que ele tinha me escutado. Não virou a cabeça, não me olhou. Continuou estático, fixo, como um móvel, uma rocha, um monolito, uma pedra, a relíquia de um antepassado morto.

Sua resposta foi tão insossa, tão anódina quanto o olhar nos seus olhos tristes.

— Não sei nada sobre o mar — me disse.

Tinha uma voz suave mas neutra, um pouco metálica. Pronunciou a frase sem nenhuma emoção, com sinceridade, com a mesma ausência com a qual parecia ter decidido viver ou morrer, que, às vezes, se confundem.

Ele mentia? Se mentia, era uma mentira tão profunda, que tinha se transformado em verdade.

Talvez tivesse se esquecido do mar, dos barcos, dos náufragos, do sofrimento de morrer, do horror de se salvar, da culpa de estar vivo. Ou se tratava de outra coisa.

Não era a única história que circulava no bairro. As mulheres, especialmente, falavam de uma desilusão amorosa. Eu não sabia com certeza o que significava uma "desilusão amorosa", mas supunha que se tratava de algo muito doloroso. Uma tarde eu, que detestava costurar, me ofereci para ajudar uma vizinha a terminar um vestido de noiva que lhe haviam encomendado, com a esperança de que me contasse algo mais sobre o desencanto amoroso do *bichicome*. Metida entre os tules, os véus, as pregas e os bordados, detestando o calor, a linha branca, as moscas, as noivas e seus vestidos, perguntei à costureira:

— O que aconteceu com o *bichicome*?

Ela costurava com uma bonita e sólida Singer pintada de preto, com desenhos dourados. Seus pés ágeis moviam o largo pedal da máquina como as teclas de um piano.

— É uma história muito triste — me respondeu. (Eu estava enfiando um fio branco na agulha.) — Esse pobre homem foi abandonado pela noiva no dia do casamento, na porta da igreja.

Senti uma espécie de mal-estar. A história me parecia um pouco confusa. Por que a noiva o abandonara justamente na porta da igreja, no dia do casamento? Se alguém não desejava se casar, não tinha por que esperar justamente esse dia e essa hora para abandonar o projeto. Costurávamos um vestido de noiva. Tive vontade de arruinar de alguma maneira o vestido, de manchá-lo com o sangue dos meus dedos (a costura estava me fazendo sangrar; tinha as unhas e as cutículas muito delicadas; não sabia, na época, que o sangue era o símbolo da perda da virgindade e o símbolo de acesso ao estágio de mulher), mas me contive. Imaginei o noivo de olhos brilhantes e pretos vestido para o casamento (de terno escuro e gravata prateada; não sabia por quê, mas os homens escolhiam sempre essa cor para a gravata no dia do seu casamento), no átrio da igreja, esperando a noiva, rodeado pelos seus parentes, olhando com ansiedade para a rua, onde o carro que a traria ia estacionar. Minha mãe me tinha dito que era um bom costume que a noiva se fizesse esperar; as noivas nunca eram pontuais, já os noivos, sim. De modo que a princípio ninguém se inquietou. Os complicados vestidos de noiva exigiam muitos ajustes, muitos retoques de última hora; além disso, a maquiadora tinha que realizar seu trabalho com esmero e nem sempre era fácil subir no carro com aquelas enormes caudas brancas cheias de pregas e de bordados. A espera podia se prolongar por até trinta minutos; enquanto isso, os convidados, na igreja, se cumprimentavam entre si, examinavam seus trajes, faziam suposições sobre a felicidade do casal e recordavam anedotas antigas, dos próprios casamentos ou noivados.

Mas dessa vez a espera estava se prolongando demais. Ele (o homem que agora tinha se transformado em um *bichicome*) estava ali, no átrio da igreja, vestido de azul-escuro e com uma brilhante gravata prateada; seus olhos eram azuis. Olhava com confiança para a rua onde logo veria estacionar o carro que traria sua amada, e então a cerimônia começaria, eles se casariam, haveria uma festa e depois viajariam para a lua de mel. Porque todos os casamentos tinham uma lua de mel. As pessoas estavam sentadas nos bancos da igreja, ou em pé, o padre tinha vestido sua batina branca, a dos dias de casamento, e uma mulher mais velha, de cabelos loiros, estava sentada ao piano de corda pronta para executar a *Marcha nupcial*, enquanto o casal, com passos lentos (dando tempo para que a congregação pudesse apreciar a qualidade do tecido do vestido, a originalidade da produção e a beleza dos enfeites), se aproximava do altar. Mas a noiva não chegou. Passaram-se os habituais quinze minutos de espera, então os trinta das noivas mais retardatárias, o noivo contabilizou a hora, os sessenta minutos completos, e ela não apareceu. Havia alguns familiares e amigos da noiva, mas ninguém podia explicar ao certo sua ausência. Um rumor inquieto ia se estendendo pelos bancos da igreja, como se de repente um enxame de gafanhotos tivesse tomado de assalto o lugar. Não se escutava nenhuma frase completa, mas as meias-palavras, as sílabas soltas geravam certa inquietude. Alguns homens olhavam discretamente o relógio de bolso e as mulheres começavam a sentir que os sapatos lhes apertavam, que a maquiagem já ia escorrer, e as flores do altar soltavam um aroma tão forte, tão embriagador, que alguma criança começou a espirrar, tomada pela alergia. Depois de uma hora e meia de espera, se espalhou a notícia: a noiva não chegaria nunca.

Ninguém soube quem lhe deu a notícia nem que pretextos alegou. A costureira me disse que alguém cochichou algo no ouvido do noivo, e que os olhos dele, de súbito, viraram azul-celeste. Porque antes, antes de que a noiva o deixasse ridiculamente plantado (foi o que disse a costureira) no altar da igreja, os olhos do noivo eram intensamente azuis. A dor os transformou (foi o que disse a costureira). O azul se transformou em azul-celeste, certamente por causa de toda a dor acumulada. A dor acentua as cores, ou o contrário (foi o que disse a costureira). Nesse caso, havia sido o contrário. Ninguém nunca soube o que fez ou para onde foi o noivo, depois de ser abandonado, mas não voltou para os lugares conhecidos, largou o trabalho e nunca mais apareceu. Não apareceu mais por ali, por isso muitos anos depois estava aqui, triste e envelhecido, com o escasso cabelo que lhe sobrava de cor branca e os olhos azul-celeste, mudo e quase sem comer, magro, submergido na melancolia.

— A dor lhe deu um *surmenage* — disse a costureira.

Era esquizofrênico ou tinha um *surmenage*?

— O que é um *surmenage*? — perguntei à minha mãe, aquela noite, com os dedos inchados pelas picadas das agulhas e o lenço branco que sempre levava no bolso manchado de pequenas gotinhas de sangue (como se eu tivesse menstruado pela primeira vez).

— Um excesso de cansaço — me respondeu minha mãe.

— E como se sabe que alguém tem um *surmenage*? — interroguei.

— Porque a pessoa está muito cansada, desanimada, desconcentrada, não se alimenta bem e não tem vontade de nada.

O homem dos olhos azul-celeste não tinha vontade de nada, isso se via a distância. Nada lhe chamava a atenção. E quanto a comer, parecia se alimentar de ar ou de bichos, como dizia minha avó. O diagnóstico era claro: esse homem padecia de um *surmenage*.

— De onde vem a palavra? — perguntei à minha mãe.

— Do francês — me respondeu. — É uma palavra francesa.

Achei que era uma palavra sonora, importante, uma palavra para ter muito em conta. Em primeiro lugar, estava composta pela preposição *sur*, com um lindo som difícil de pronunciar em espanhol. E não era só uma preposição de altura (tudo que está sobre não está abaixo), mas, além disso, um ponto cardeal.* Quanto a *ménage*, eu não estava muito certa do seu significado, mas várias vezes tinha ouvido as mulheres da minha família dizer que estavam fazendo o *ménage* da casa, o que me fez deduzir que se tratava de um assunto de afazeres domésticos, um assunto de donas de casa. As palavras francesas de várias sílabas têm uma certa distinção, algo elegante que as fazem muito importantes. Sendo uma língua ridícula e bastante cafona, com seus *u* que soam como um *i* apertado, as mais longas são solenes. Estar desolado (*être désolé*) me parecia uma bobagem; no entanto, padecer de um *surmenage* era algo muito mais importante e respeitável do que ter tuberculose, hepatite ou apendicite.

— E como se cura o *surmenage*? — interroguei minha mãe.

— Com repouso, boa alimentação, falta de preocupações e uma viagem — me respondeu.

Para se curar do *surmenage*, deduzi, a pessoa tinha que ser rica, porque somente os ricos podiam não ter preocupações, descansar e viajar. Minha pena do marinheiro aposentado aumentou, embora talvez se tratasse, na verdade, de um noivo abandonado que jamais pôde esquecer a mulher dos seus sonhos. Isso o tornava ainda mais comovente. Ter uma mulher dos sonhos me parecia algo extraordinariamente importante; e perdê-la, uma tragédia irrecuperável.

Perguntei ao meu tio solteiro se ele não se casou porque nunca tinha encontrado a mulher dos seus sonhos. Ele me

---

* *Sur*, em espanhol, significa "sul"; em francês, a mesma palavra significa "sobre", ou "em cima de". Em francês *surmenage* é esgotamento. (N. T.)

olhou com desconfiança, como se eu o estivesse provocando, e me respondeu:

— Você está lendo livros água com açúcar demais.

Era uma suposição errônea. Naquele momento, eu tentava ler as *Obras completas* de Sigmund Freud, encontradas na sua biblioteca, na primeira edição espanhola, traduzida por um discípulo que havia se exilado em Buenos Aires durante a Guerra Civil. Não sei por que estava tentando lê-la, mas era um fracasso absoluto. Eu era uma leitora inveterada e eficiente, cada vez que me deparava com um texto difícil me empenhava muito, mas não conseguia entender uma só frase, pois as palavras que o tradutor de Freud usava não estavam no dicionário. No dicionário não havia a palavra libido, nem parafrenia, nem neurose. E eu era orgulhosa demais para ler livros de Corín Tellado,* do gênero água com açúcar (cinquenta anos depois, seriam considerados pornográficos por críticos que tinham lido as *Obras completas* de Freud, tinham feito análise ou tinham amigos psicanalistas e, por isso, ao ler um texto, liam o texto implícito, não o manifesto).

Quanto ao meu pai, nunca lhe perguntei se minha mãe era a mulher dos seus sonhos: se um dia o foi, o casamento tinha arruinado os sonhos de ambos.

No entanto, eu não tinha nenhuma dúvida acerca da existência da mulher dos sonhos. Em quase todos os filmes a que eu assistia (e eu amava ir ao cinema) havia uma mulher dos sonhos, fosse Deborah Kerr ou Jean Simmons, Michèle Morgan ou Sophia Loren. E os homens lutavam para conquistá-las (os sonhos sempre eram muito elevados), brigavam para conquistá-las, às vezes tinham que matar para conquistá-las ou enfrentar terríveis perigos. Quanto às mulheres dos

---

* Corín Tellado (María del Socorro Tellado López, 1927-2009) foi uma autora espanhola de romances populares e fotonovelas de grande sucesso. (N. E.)

sonhos dos homens, sua tarefa fundamental na vida era esperá-los procurando não perder sua beleza. Porque as mulheres dos sonhos dos homens eram extraordinariamente lindas. Supus, portanto, que se o *bichicome* havia chegado a esse estado porque a mulher dos seus sonhos o abandonara aos pés da igreja, ela devia ser uma mulher muito bonita. E como se recuperar da perda de uma mulher muito bonita? A dor provoca cansaço, a emoção se esgota, e então esse homem contraiu um *surmenage*. A hipótese me parecia comovedora e eu me senti completamente identificada com o noivo abandonado. Além de tudo, era pobre, e por isso não podia realizar a cura da sua doença, que exigia uma viagem. Não tinha perguntado para minha mãe qual era o destino da viagem, mas tudo me fazia supor que se tratava da Europa. As pessoas com dinheiro viajavam para a Europa, ninguém pensava em ir para outro lugar, nem mesmo Nova York.

Aproveitei outra tarde quente para me sentar ao lado do *bichicome* discretamente, como quem não quer nada. Pela segunda vez, tirei um sanduíche da minha pasta do colégio. Ele nem olhou. No entanto, o cheiro do presunto era apetitoso. (Pensei que talvez naquela noite ele estivesse com uma indigestão de mosquitos.) Comi o sanduíche lenta, mas ansiosamente. Posso ser muito lenta quando tenho que disfarçar a ansiedade. Quando terminei, joguei longe o embrulho do sanduíche e lhe perguntei:

— Você gostaria de viajar?

Dessa vez, o homem desviou seus olhos azul-celeste até mim. Não pareceu se surpreender pela minha presença. Talvez não observasse se eu ia ou vinha, dava no mesmo para ele.

— Não — me respondeu. — Prefiro ficar quieto.

Mulher dos sonhos só havia uma, me parecia, de modo que, se ele a perdera, sua vida não tinha sentido. Devia estar inconsolável: seus olhos, antes de um azul intenso, viraram azul-celeste. Pela dor e pelo sofrimento.

Durante esse tempo, eu tinha juntado um pouco de dinheiro vendendo alguns dos meus bens mais valiosos. Vendi a caneta-tinteiro que me deram de presente de aniversário, um sapo dissecado que eu guardava em um frasco, uma borboleta azul que havia conseguido pegar na colina, um frasco fechado de nanquim, duas borrachas com muito pouco uso e um canivete de aço de Toledo diretamente importado da Espanha por um vizinho do meu pai, que ele jamais usava e que consegui surrupiar sem que se desse conta. Além disso, tinha conseguido algum dinheiro fazendo os deveres dos meus colegas de classe mais preguiçosos. A soma reunida não era muita, mas eu estava muito orgulhosa da minha capacidade de economizar. Juntei as notas e as moedas, as envolvi em um lenço branco e as ofereci ao *bichicome*.

O homem olhou para o amontoado de notas e moedas com estupefação. Eu tinha certeza de que devia se lembrar pelo menos para que o dinheiro servia. Para comprar ou fazer coisas que parecem necessárias ou que se desejam. No entanto, ele fez um gesto de recusa, como de medo.

— O que é isso? — me perguntou, atordoado.

— É dinheiro — eu disse, orgulhosa. — Consegui para você. Pode ficar, eu não preciso.

Os olhos azul-celeste continuavam fixos no embrulho com as notas e as moedas.

— É para você procurá-la — eu disse.

— Quem? — perguntou o *bichicome*.

— A mulher dos seus sonhos — respondi, com firmeza.

O homem olhou para o dinheiro, então olhou para mim, a princípio com certa desconfiança. Então olhou em volta. Na tarde quente de janeiro, não se via ninguém na rua. Olhava como se temesse ser visto, como se suspeitasse que atrás das grandes bananeiras de tronco descascado alguém estivesse escondido. Mas não havia ninguém. Estávamos sozinhos, as cigarras cantavam, algum louva-a-deus saltava de um arbusto seco a outro, confundindo-se com a cor do mato seco.

Então, com determinação, o homem pegou o dinheiro e saiu correndo. Me surpreendeu sua rapidez, não tive tempo de me levantar. Fugiu, como se o dinheiro fosse roubado, como se temesse que eu me arrependesse daquele ato ou como se alguém fosse repreendê-lo. Fiquei quieta por um momento, desconcertada. Teria gostado de conversar um pouco com ele, que me contasse algo mais sobre a noiva que o abandonara. Mas ele tinha ido embora, desapareceu em meio à tarde quente como se a combustão do ar o tivesse evaporado. Eu me pus de pé lentamente e voltei para casa, desorientada e com uma leve melancolia. Quis pensar que, uma vez que houvesse reencontrado a mulher dos seus sonhos, o *bichicome* viria me visitar; viriam juntos, de mãos dadas, e eu os cumprimentaria, e abraçaria os dois, antes que fossem para a lua de mel.

Voltei para casa meio sonhadora e cabisbaixa. Comecei a trabalhar na minha escrivaninha. Tinha que escrever uma redação sobre a chegada do verão, a brisa, o mar, essas coisas, e não tinha caneta-tinteiro, de modo que recorri a uma velha caneta normal. Minha mãe, que estava passando roupa sem vontade (era uma atividade que odiava e procurava evitar), olhou para mim.

— Onde está sua caneta-tinteiro? — me perguntou.

— Vendi — eu disse, com total sinceridade.

— Você está louca? — me repreendeu minha mãe. — É uma caneta-tinteiro Parker, não sei se percebeu. É muito cara; você não vai ter outra igual por muitíssimo tempo. Posso saber para que você usou o dinheiro?

Ela podia saber. Além disso, eu não era muito gastadeira.

— Eu dei para o *bichicome* — disse, serenamente.

Minha mãe olhou para mim meio consternada.

— Por que você deu todo esse dinheiro para o *bichicome*? — me perguntou.

— Para que ele vá buscar a mulher dos seus sonhos — eu respondi.

Ela continuou passando roupa. Entardecia e fazia um pouco de calor. A videira do quintal exalava um cheiro adocicado de uva passada. Às vezes, meu tio colhia as uvas e as macerava para fazer vinho. Àquela hora, os mosquitos começavam a zumbir e se escutava, muito perto, o cricrilar dos grilos. Os eternos solteiros.

MEU TIO

Quando eu era pequena, admirava meu tio Tito. Ele era solteiro, inteligente, culto, ateu e misógino. Morava com minha avó e as tias solteiras no casarão da rua San Martín onde passei quase toda a minha infância brincando no terreno, no qual havia um galinheiro e algumas árvores: um par de figueiras ("Porque é áspera e feia, porque todos os seus galhos são cinza, tenho piedade da figueira", Juana de Ibarbourou,* chamada Juana de América, famosa pela sua beleza e rebeldia, e por ter sido admirada por Juan Ramón Jiménez,** que não admirava ninguém, só a si mesmo), uma laranjeira, um lírico salgueiro-chorão, um jasmim verde-azulado e uma perturbadora corticeira. Essa planta me fazia estremecer. Tem umas flores intensamente vermelhas, com um vermelho único, exclusivo, intenso. As pétalas são muito pequenas, mas liricamente se chamam asas e estão quase escondidas, como o clitóris, dentro do cálice. As outras duas pétalas se soldam e formam a quilha ou carena, servindo de proteção aos órgãos de reprodução. Olhar um ramo de flores de corticeira é estar contem-

---

* Juana de Ibarbourou (1892-1979) foi uma importante poeta uruguaia.
** Juan Ramón Jiménez (1881-1958) foi poeta espanhol, prêmio Nobel de Literatura em 1956.

plando um conjunto de sexos femininos, mas eu era pequena demais para saber disso. Mesmo assim, dedicava muito tempo a contemplar essa estranha flor de cor fascinante à qual faltava cheiro. Também havia uma árvore que formava uma espécie de telhado de galhos finos, entrelaçados, que davam pequenas flores brancas de perfume intensamente adocicado, chamada jasmim-espanhol. E, além disso, havia os animais, que eram meus amigos: um cachorro, um gato, um coelho e várias galinhas, eu só detestava os galos vaidosos, e eles a mim.

Meu tio Tito era um grande leitor. Não tinha estudado, para seu pesar, porque a família era pobre, e estava empregado em administração, recebendo um salário baixo, porém fixo. Na época, eu não sabia que ele também — como o resto dos homens da família materna — gostava muito de apostar e que, depois de ter perdido pequenas quantias na roleta durante muito tempo, tinha virado um "arrecadador", quer dizer, jogava clandestinamente: bancava as apostas hípicas que eram bem comuns no bairro. Passavam-lhe apostas por telefone ou em papeizinhos e ele, em vez de apostá-las, as recolhia.

Se o cavalo no qual se tinha apostado não ganhava, ele ficava com o dinheiro da aposta. Se chegasse em primeiro, em troca, pagava a aposta oficial. O jogador economizava um pouco de dinheiro ao jogar clandestinamente, e ele fazia o papel de arrecadador.

Meu tio se distinguia dos outros homens do bairro porque se vestia de maneira sóbria porém elegante, no estilo inglês. Também se diferenciava porque era solteiro e não se conhecia nenhuma namorada sua.

Em troca, dentro de casa, era como o xeique de um harém: as mulheres o serviam, mas ele as depreciava, tirava sarro delas, até que minha avó, severa, o repreendia.

— Tito, você não acha que está na hora de se casar?

Eu observava a cena e me assombrava que minha avó fosse tão direta e impositiva. Diante dessa interpelação, de repente o galã inglês, culto, grande leitor e soberbo, perdia toda a sua segurança e se via diminuído, reduzido a um desajeitado balbucio ou a desculpas completamente vulgares.

Nervoso, respondia:

— Mas os maridos são todos uns cornos.

Minha avó insistia:

— Existem boas garotas que vão te fazer feliz.

— Para quê? Para que me traia com o primeiro que passe? — dizia e ia embora.

Minha avó o deixava ir, mas eu sabia que em qualquer outro momento ia lhe dizer:

— Tito, por que você não se casa?

E ele responderia outra vez:

— Os maridos são todos cornos.

Alguma das tias solteiras gritava:

— Tito, olha que você vai para o inferno!

E ele, na sua melhor versão teatral, imitava o sacerdote no momento de benzer a hóstia em latim (era o único da família que parecia conhecer essa língua), fazia gestos de santificar a hóstia e o vinho.

Essa brincadeira se repetia muitas vezes e as mulheres da casa não pareciam se sentir indignadas nem ofendidas pelo seu aparente desprezo.

Tito não queria se casar. A razão que apresentava era que as mulheres eram criaturas incultas, ignorantes e, além disso, infiéis, decididamente inferiores aos homens.

Trabalhava em um escritório público para o qual ia de táxi: detestava os ônibus e bondes.

Por outro lado, contribuía com seu salário (baixo, como o de todos os funcionários públicos) para a manutenção do lar onde viviam as mulheres da família.

Mas à noite, na hora de se deitar, uma transformação ocorria. O casarão era grande e tinha vários quartos com piso de tábuas de madeira. Meu tio Tito tinha um espaço só para ele, ao lado do grande quarto que minha avó e eu ocupávamos, em camas separadas entre si por uma grande distância. Nessa hora em que as luzes estavam apagadas e todo mundo estava na cama, se estabelecia uma espécie de pacto de não agressão, inclusive uma certa cumplicidade entre meu tio e sua mãe, minha avó, María Luisa.

— Mamãe, você sabia que o italiano da esquina se casou e quebrou o pé? Agora estão sua mulher e os filhos no açougue.

— Por isso outro dia eu fui ao açougue e ele estava fechado — dizia minha avó.

— Você tem que levar meu sobretudo na lavanderia porque ontem um idiota o manchou de vinho — dizia meu tio.

— Está bem, amanhã eu levo — assentia minha avó.

A conversa noturna através da parede era tranquila, sem alardes nem hostilidade. Como se dormissem juntos. Às vezes, no silêncio da noite, se escutava um sonoro peido do meu tio, e logo outro, e isso estabelecia uma espécie de vínculo familiar, unindo mãe e filho como a amamentação ou a doença.

Para mim, no entanto, esses peidos do meu tio me pareciam completamente indecorosos, vulgares, indignos de um *gentleman* como ele, embora eu percebesse que eram como o outro lado da moeda. A hostilidade diurna substituída pela paz dos torpedos da noite.

Eu me dava conta de que não conseguia compreender todos os sentimentos conflitantes, todos os matizes e ambiguidades das relações humanas, que eram contraditórias, ambivalentes, complicadas e ao mesmo tempo intensas. Nem tudo que se dizia era verdade o tempo todo, e o mais importante parecia ser aquilo que nunca era dito.

— Tito, está na hora de você se casar — sugeria minha avó àquele homem superior às mulheres, seguro de si mesmo, bem-vestido e grande amante da poesia e de Juan Ramón Jiménez, que depreciava claramente as mulheres por serem estúpidas, incultas e vulgares, mas quando sua mãe, sem gritar mas com severidade, lhe dizia essa frase, toda a segurança, brilho e superioridade do meu tio, o ateu, o material, o *gentleman*, pareciam desaparecer, e ele só conseguia demonstrar seu medo.

— Para quê? Para que ela vá embora com o primeiro que passe?

Que meu tio, tão superior, tão seguro de si mesmo, tão culto, tivesse esse medo me parecia uma contradição. Que mulher poderia abandoná-lo, ele, o homem mais inteligente, o mais bem-vestido, o mais culto, o que conhecia melhor o mundo? Qualquer mulher, porque, sendo inferior, não apreciaria suas virtudes.

Eu o achava claramente superior ao meu pai.

Meu pai era rústico, bronco, quase analfabeto, desalinhado, fumava, bebia e era quase mudo, e meu tio Tito, pelo contrário, sem ter ido para a universidade, sabia de medicina, de mitologia, de filosofia, de música, de pintura e de literatura; como minha mãe.

Certo dia, perguntei a ela:

— Mamãe, por que você não se casou com o tio Tito? Ele é melhor que o papai.

Minha mãe me respondeu:

— Os irmãos não podem se casar entre si, filha. É proibido.

A resposta me atordoou. O mundo estava cheio de proibições que eu não conhecia. As mulheres não podiam se casar entre si, os homens tampouco, e também era proibido se casar entre irmãos. Eu tinha ouvido falar que os primos também não podiam se casar entre si, e não entendia o motivo de tantas proibições.

Eu imaginava que minha mãe e meu tio teriam tido um bom casamento, dado que tinham muitas afinidades, mas algo os proibia: eram irmãos.

— Eu preferiria que ele fosse meu pai — provoquei minha mãe.

Ela se calou.

Fazia muito tempo que eu sentia toda a admiração e o carinho que uma filha podia experimentar pelo meu tio, não pelo meu pai.

Posto que meu tio desprezava as mulheres por serem incultas, donas de casa, domésticas, pouco inteligentes e cafonas, eu decidi ser uma mulher completamente diferente, para que ele gostasse de mim, para que me amasse e não me considerasse inferior. Para que não me desprezasse como desprezava as outras mulheres.

Um dos temas de discussão mais frequentes entre meu tio e as mulheres da casa era a religião. Ele não era católico, mas já devia ter sido, porque ajudou a celebrar uma missa como coroinha. Daí que soubesse algumas frases em latim e na hora de comer, quando todos estavam sentados à mesa, ele provocativamente enchesse a taça como um cálice e benzesse o vinho, pegasse um pedaço de pão e com total solenidade o transformasse no corpo de Cristo.

— Tito! Isso é uma heresia!

Outra advertia:

— Você vai para o inferno! Jesus, perdoai-o, ele não sabe o que faz!

Ele dava gargalhadas e a atmosfera da refeição ficava tensa, hostil.

Então, para se reconciliar, ele dizia à minha tia Rosa:

— Estes raviólis estão deliciosos hoje. Embora talvez o recheio tenha uma pitada de sal a mais.

Qualquer elogio que viesse da sua parte quebrava o mal-estar e valia muito mais que as repreensões. Mas, para conservar seu poder, não podia fazer um elogio total, precisava conter algum escrúpulo, ocultar um pequeno defeito.

Minha tia Rosa, a cozinheira, se sentia lisonjeada com o elogio tão valioso do meu tio (por ser raro) e respondia, humilde:

— Você acha que eu exagerei no sal?

E Tito, magnânimo, respondia:

— Não muito, está muito bom.

O beneplácito da autoridade do meu tio restabelecia a atmosfera da refeição, as conversas corriqueiras que, por serem as únicas, adquiriam grande relevância.

— Ontem à tarde vi a dona Teresa passando na esquina. Dá para ver que está melhor do reumatismo.
— Eu também a vi e estava mancando — dizia Rosa. — Não pode estar bem. Além disso, estava com a cara péssima.
— Não estava, não. É que tinha penteado o cabelo para trás e isso lhe deu um aspecto de pessoa mais velha — respondia a Tota.
— Pois ela é mais velha que eu — argumentava Rosa.
— Como que é mais velha que você? Tem a minha idade, eu sei disso porque um dia ela me contou na procissão.
— Então mentiu para você — dizia a Tota.

Agora era possível estabelecer uma longa e tensa disputa sobre a idade da dona Teresa que me deixava nervosa, temendo um desenlace violento e ameaçador. Então, disfarçadamente, eu deslizava para o chão de losangos pretos e brancos (mosaicos construídos pelo meu bisavô) e me agarrava a uma das seis pernas da mesa da sala de jantar do dia a dia, sem necessidade de inclinar demais a cabeça, e simulava que esse era meu lar, meu refúgio, protegida dos gritos e das brigas dos adultos. Sonhava em morar ali, debaixo da mesa, protegida dos adultos, das suas brigas, dos seus ciúmes, das suas invejas, só sairia para comer (e eu comia muito pouco) e poderia ler, pintar, brincar, protegida pelo larguíssimo tampo da mesa e seus soldados, as seis pernas.

Mas depois da sesta, quando a paz da digestão havia devolvido à família sua estabilidade, minha avó me obrigava a sair de debaixo da mesa; então eu me refugiava no quintal, onde havia outras brigas, a dos galos com as galinhas, dos gatos selvagens com os pintinhos, do cachorro com as pombas. O universo era violento, mesmo que não o tempo todo, e eu procurava estabelecer a paz e a justiça. Eu me colocava como a juíza de todas as lutas, de todos os embates entre animais: defendia as galinhas dos ataques dos galos, segurava o cachorro quando ele avançava nas pombas e evitava, quando podia, que o gato engolisse os pintinhos recém-nascidos. Ser a juíza do mundo era um trabalho exaustivo e interminável, mas se tratava de uma missão, e eu não concebia a vida das pessoas sem uma. Havíamos nascido com uma missão, tínhamos vindo ao mundo para desempenhar um bem, uma tarefa. Às vezes não era apenas uma. Podiam ser várias. A minha era estabelecer a justiça entre os animais e enternecer as pessoas mais velhas, embora, às vezes, fosse melhor fugir delas como eu fugia do meu pai, exceto quando tinha que defender minha mãe, o que era sempre.

Um dia, meu tio apareceu na casa da minha avó com um novo aparelho que eu nunca tinha visto de perto. Era uma elegante vitrola, com a base cor de madeira em forma de losango e um prato escuro, com um longo braço ergonômico, dotado de uma delicada e finíssima agulha.

Não mostrou o aparelho para ninguém, só para mim, e me explicou como funcionava, insistindo que eu precisava tomar extremo cuidado com a agulha fina para não arranhar os discos. A agulha parecia a parte mais delicada do aparelho reprodutor de som, como um clitóris engastado em um ventre.

Fiquei extasiada. Poder escutar a música que amava, a música que me fazia estremecer e me conduzia ao êxtase, à dor ou à melancolia, em qualquer momento, somente colocando um disco no prato e tendo todo o cuidado para não roçar sua superfície, me parecia uma possibilidade extraordinária.

Mas não tínhamos discos. Como eu e ele amávamos o mesmo tipo de música, meu tio extraiu da carteira um monte de notas graúdas e me disse:

— Amanhã você irá ao Palácio da Música e comprará todos os discos de que eu gosto. Como vão pesar muito, peça que mandem entregá-los aqui.

Acatei o pedido com humildade e regozijo interior.

Fiquei muito orgulhosa de que ele me escolhesse para comprar a música que escutaria sozinho no seu quarto, e eu também, nas horas em que ele não estivesse em casa. No dia seguinte, depois de sair do colégio, me dirigi rapidamente ao Palácio da Música que tantas vezes havia admirado com devoção da rua. Ficava em uma esquina e suas vitrines davam para ambos os lados da avenida 18 de Julio e da rua Cuareim. De um lado, a luxuosa vitrine de exibição dos LPs com suas capas fascinantes e, do outro, os brilhantes violinos, os lustrosos violões, os trombones e as flautas. Eu passava horas inteiras olhando para o interior do local, sempre cheio de gente e de empregados solícitos que podiam responder a qualquer dúvida. Uma vez me atrevi a entrar e vi que os LPs estavam classificados segundo o estilo musical. Um cartaz dizia "Clássica", outro "Ópera", havia "Jazz", "Tango" e "Folclore", e cada categoria tinha um catálogo para consulta.

A loja não fechava durante a noite, e um dos meus sonhos era fazer dezoito anos para ter a liberdade de passar longas horas noturnas na casa da música.

Havia três ou quatro cabines, sempre cheias, onde se podia escutar um disco antes de comprá-lo, embora eu fosse tímida demais para usá-las, pois tinha medo de arranhar o disco, quebrá-lo ou de que acontecesse qualquer outro acidente.

Ao entrar dessa vez, me senti imbuída por um desejo sacro, como se entrasse em um templo, como uma dessas promessas que os católicos deviam cumprir. Só que meu tio era ateu, eu começava a sê-lo e o templo era a sagrada casa da música.

Gastei a pequena fortuna que meu tio me havia dado e comprei toda a música de que ele gostava, que também era minha música favorita. Se examino minha discoteca, são os mesmos discos que tenho hoje, embora se tenham acrescentado outros. Beethoven, o melancólico e estremecido Chopin, Bach, Haendel, Tchaikóvski, Edvard Grieg, Smetana, Debussy, Vivaldi, Monteverdi, Erik Satie, Schubert, o jazz mais antigo (Paul Robeson e Marian Anderson), além das minhas sopranos favoritas: Renata Tebaldi, Joan Sutherland, Birgit Nilsson, Victoria de los Ángeles e María Callas.

No dia seguinte, um entregador trouxe uma enorme caixa repleta de discos. Fui mostrando as capas uma por uma, e meu tio não fazia nenhum comentário, mas assentia. Parecia satisfeito com as compras e depositou a enorme pilha em um grande sofá que havia no seu quarto. Escolheu um disco (a *Bachiana nº 5* de Heitor Villa-Lobos, por Victoria de los Ángeles); então, munido de uma pequena escova de feltro, limpou cuidadosamente a superfície preta do disco, soprou a pequena agulha para despi-la de qualquer poeira e se pôs a escutar a canção, essa canção arrebatadora, terna, alegre, estrondosa, comigo ao seu lado.

O disco vibrou, encheu o espaço do quarto e saiu, inspirado, em direção ao pátio coberto, estremeceu as paredes, sacudiu os móveis, mas meu tio, o perfeccionista, não pareceu de todo satisfeito.

— Tem um barulhinho... — disse.

Eu, emocionada e embebida pela música, estava em um êxtase que essa penosa observação do meu tio não chegou a destruir.

— Tem um barulhinho na agulha — disse. — Pode arranhar o disco.

Desde então, muito poucas vezes o vi colocar um disco no prato. Sempre parecia insatisfeito, não com a música, mas com o barulho. Eu, pelo contrário, estava em uma felicidade total. Voltava rapidamente do colégio e me fechava no seu quarto para escutar essa música sublime, heroica, sensual, sentimental, trágica, dramática, lírica ou doce como mel. A música me estimulava de tal maneira, que eu não podia escutá-la sentada. Tinha que me mover, caminhar de um lado ao outro do quarto, sacudir os braços, até que cortei um galho muito fino da macieira do terreno, o poli, e construí uma batuta. Com ela na mão e as notas no ouvido (tinha uma boa capacidade receptiva), comecei a conduzir o *Concerto nº 1 para piano e orquestra* de Chopin ou o de Tchaikóvski, *O car-*

naval dos animais de Saint-Saëns ou o *Concerto para piano* de Gershwin. Era feliz conduzindo. Me parecia a maior responsabilidade e o maior êxtase. Olhava a capa dos discos e aprendia o nome dos maestros. Surpreendentemente, todos eram homens (Furtwängler, Herbert von Karajan, Toscanini, Otto Klemperer), então perguntei à minha mãe:
— Não existem maestras mulheres?
Minha mãe, que não se surpreendia nunca com minhas perguntas, embora dissesse que a esgotavam, respondeu simplesmente:
— Não.
— Por quê? — continuei.
— Porque são mulheres.
Eu não sabia na época o que era uma tautologia, mas podia descrevê-la: a explicação de algo é a própria pergunta. Uma mulher é uma mulher porque é uma mulher, e um maestro é um homem porque é um homem. Onde estava a dificuldade? Mas se um dos meus desejos era ser maestra! Impossível. Eu era uma mulher. Desgraça. Ser mulher se transformava no obstáculo para muitíssimos dos meus desejos.

De vez em quando meu tio chegava no quarto quando eu estava escutando *Carmina Burana* de Carl Orff ou o *Concerto de Aranjuez*, e, incomodado com a invasão do seu território, me expulsava com um comentário indireto.
— Temos que cuidar da agulha. Se ela quebrar, não tem mais música — dizia, e eu, frustrada, ia embora, pensando que era um egoísta e sem compreender como daquele ato aparentemente compartilhado (comprar os discos) havíamos chegado a esse distanciamento, sem compreender que ele o vivia como uma invasão e eu como um encontro. Tampouco ele adquiriu algum disco novo. No entanto, gostava de me pôr à prova — especialmente se eu fizesse papel de burra — para o resto da família ou para mim mesma.
Ele me dizia:

— Quem é o compositor de *A tarde de um fauno*?
E eu, tremendo, respondia:
— Saint-Saëns — pronunciando cada uma das letras. Então ele explodia em uma sonora gargalhada.*
— Saint-Sens, não Saëns, não te ensinaram no colégio ainda? No colégio não ensinavam música, e eu, que escutava música toda noite, até de madrugada, no pequeno e lindo rádio Geloso que meu pai me havia dado, não tinha a quem perguntar como se escrevia Dvořák, por exemplo. Escutava um dos seus concertos e me perguntava como se escreveria. Temia pelo dia que ocorresse ao meu tio me pôr à prova perguntando por quê, justamente, eu não tinha comprado nada desse músico, temendo pronunciar mal seu nome.

Ele fez isso com um belíssimo jogo de palavras cruzadas que trouxe um dia para sua casa, sabendo que eu amava os entretenimentos de palavras. Apareceu com uma linda caixa cheia de letras inscritas sobre um plástico roxo, mas que não guardavam a proporção do jogo em espanhol que eu conhecia. De fato, era um jogo de palavras cruzadas alemão, mais elegante e refinado que os que eu conhecia, mas com escassas vogais. Além disso, estabeleceu como regra que só poderíamos fazer sobrenomes famosos.

Ele começou e escreveu "Wagner". Bom, esse nome eu conhecia. Pude escrever, com dificuldades, "Goethe". Mas na jogada seguinte, eu só tinha a opção de um "e", e tolamente escrevi: "Fred". Me referia ao famoso psicanalista vienense cujas obras completas, traduzidas ao castelhano e editadas na Argentina, luziam nas estantes de livros do meu tio, e eu em vão havia tentado ler, sem entender quase nada.

Ao ler a palavra "Fred", meu tio explodiu em uma gargalhada:

---

* Claude Debussy compôs o Prelúdio para *A tarde de um fauno*, peça sinfônica inspirada no poema homônimo de Mallarmé. (N. E.)

— Fred! Fred! O que você queria escrever, menina? Suponho que Freud. Pois bem, se você não fosse tão ignorante, saberia que se escreve Freud.

Fiquei ferida e atordoada. Minha avó, que estava por ali e tinha percebido a manobra do meu tio, o repreendeu brevemente:

— Tito, deixe essa criança em paz. Não a envergonhe. Você não vê que ela só tem onze anos? E você, quarenta e dois.

Meu tio, orgulhoso do seu triunfo, recolheu as letras, guardou-as na sua bolsinha de feltro e concluiu:

— Até você crescer não poderá jogar.

Fiquei calada, mas completamente ferida. Não havia desculpa para essa perversão: tinha sido uma humilhação deliberada e premeditada. Como admirar alguém capaz de fazer mal com tanto gosto a quem o ama?

Fui ruminar minha dor e minhas perguntas sem resposta, sozinha, tentando fazer com que a razão me ajudasse a suportar a humilhação. Por algum motivo que eu não compreendia, meu tio gostava de me ridicularizar, assim como fazia com outras mulheres, mas, nesse caso, por motivos completamente contrários. Desprezava as mulheres por serem incultas, e me desprezava porque eu tentava ter a cultura que lhes faltava. No entanto, todas as suas ofensas não eram suficientes para que eu deixasse de admirá-lo ou de gostar dele, nem de defendê-lo ante os demais. Eu tinha desenvolvido um mecanismo muito feminino e universal: amar quem não te ama, quem te despreza, cuja superioridade é tão débil, tão frágil, que, se já não pode te humilhar, vai tentar te destruir.

Quanto mais eu o admirava, mais ele me humilhava.

Mas havia remansos de paz. Períodos em que se estabelecia uma trégua e uma espécie de cumplicidade. Eu não podia deixar de entrar no seu quarto, não apenas pela música, mas pela outra grande razão da minha vida: os livros.

No cômodo que dava para o quintal e pelo qual às vezes entrava o cheiro dos jasmins e das laranjeiras, meu tio tinha construído uma biblioteca — a única da casa — que para mim parecia a maior do mundo e estava repleta de livros que eu ambicionava ler. E ali estavam, expostos livremente, luzindo suas lombadas, o nome dos seus autores, suas capas, prontos para minha voracidade leitora. Não estavam em nenhuma ordem, salvo a de reunir os livros de um mesmo autor um ao lado do outro.

Me parecia uma biblioteca infinita. Nunca contei os exemplares, mas estava disposta a ler cada um deles, sem exceção. Com o passar dos anos me dei conta de que era uma boa biblioteca, embora não fosse tão extensa quanto eu pensava quando pequena. Mas para mim, aos doze anos, ela reunia muito mais do que eu podia devorar. Por outro lado, era uma biblioteca muito completa: desde Homero ao *Ulisses* de Joyce, não faltava nenhum dos livros de um bom leitor, contemporâneo e sem gêneros preferidos, embora eu soubesse que meu tio gostava muito de Juan Ramón Jiménez (com quem eu achava que tinha grande semelhança física) e Antonio Machado. Por outro lado, era a biblioteca de um leitor do século XX: ali estavam tanto os romances de Jean Paul Sartre e de Albert Camus quanto a *Eneida* de Virgílio, *Um quarto só seu*, de Virginia Woolf, ou *A mãe*, de Górki, livro que me impressionou muitíssimo e a partir do qual decidi que eu também seria socialista, como meu tio. Sem dúvida, meu tio era um grande leitor e muito atualizado.

Não sei com qual livro comecei nem com qual terminei, mas me lembro de ter lido os poemas de Amado Nervo, *Dom Quixote de la Mancha*, o teatro de Eugene O'Neill e os relatos de William Saroyan. *Garota querida** foi uma revelação para mim, e virou um dos meus preferidos.

---

* W. Saroyan, *Dear baby*, 1944. Sem tradução no Brasil. (N. E.)

Na biblioteca do meu tio só faltavam autores uruguaios — por quem ele sentia um notável desprezo, maior ainda que pelos hispano-americanos. Meu tio era um europeu vocacional. Como eu não podia ler no seu quarto o tempo todo, dado que era de seu uso pessoal, comecei a levar o livro que estivesse lendo para minha casa, com o cuidado de devolvê-lo ao seu lugar quando o terminava, o que costumava ser muito rápido, salvo os nove volumes de *Jean-Christophe*, de Roman Rolland, que eram muito volumosos. Eu partia do princípio de que qualquer livro, pelo simples fato de existir, merecia ser lido e valorizado, não me ocorria que pudesse haver livros ruins ou, simplesmente, sem interesse. Se estavam na biblioteca, era por algum motivo.

Creio que ele estava bastante incomodado por essa invasão também da sua condição de único leitor da família, embora a princípio se limitasse a controlar se eu havia levado os contos de O. Henry, ou os de Tchekhov, e se os tinha devolvido novamente no seu lugar.

Mas, um dia, farto dessa invasão permanente da sua biblioteca, meu tio me deteve, quando eu fugia do seu quarto com um livro embaixo do braço, e me perguntou:

— O que você quer ser quando crescer?

— Escritora — respondi sem hesitação.

Ele fez uma pausa e depois continuou:

— Quantos livros escritos por mulheres tem nessa biblioteca?

— Três — eu disse. — *Um quarto só seu*, de Virginia Woolf, uma antologia de poemas de Alfonsina Storni e outro de poemas de Safo.

— Você leu a biografia delas? — perguntou.

— Sim — respondi.

— Você leu como elas morreram?

— Se suicidaram — eu disse.

— Pois aprenda a lição — me disse —: As mulheres não escrevem, e, quando escrevem, se suicidam.

A GRAVIDEZ

Entrei correndo e gritando na sala de casa, "estou grávida, estou grávida", e com a mão direita para o alto. Minha mãe me olhou sem perder a calma nem por um instante, me abraçou e disse:

— Fique tranquila. Não grite, por favor. Você não está grávida.

A certeza da minha mãe não bastou para me acalmar, embora tenha detido parcialmente meus engasgos, e, com a mão direita para cima, falei para minha mãe:

— Estou grávida. Um homem tocou na minha mão na padaria me empurrando para entrar.

Minha mãe me sentou no seu colo (eu tinha doze anos) e acariciou minha mão suavemente.

— A mão está bem, e você também, não se assuste.

— Mas um homem me tocou na padaria! — exclamei, ainda exaltada.

— Isso não basta para ficar grávida — me disse, convicta. Olhei para ela, surpresa. Olhei outra vez para minha mão, com desconfiança.

— Tem certeza? — perguntei, desconfiada.

— Certeza absoluta — disse minha mãe.

Isso me convenceu, mas eu tinha a informação que Laura, a irmã mais velha da Dorotea, minha colega de classe, tinha me dado: "Se você já se desenvolveu tem que tomar muito cuidado, se um homem te tocar você vai ficar grávida". Essa revelação mudou minha vida por completo. Eu tive uma infância muito solitária, fechada, como um animalzinho silvestre, nos fundos da casa das minhas tias-avós. Ali havia gatos, um cachorro, muitas galinhas, uma avestruz e um par de galos, mas não havia meninos ou meninas com quem brincar, e quando cheguei à escola me sentia muito diferente: enquanto as outras meninas falavam de vestidos, de bonecas, de irmãos e irmãs, eu só sabia falar de cachorros, gatos, pintinhos e um cordeiro que eu amava. Quando se reuniam para cochichar me deixavam de fora, porque eu era "inocente". Não entendia muito bem o sentido da palavra, apesar de ser uma ótima aluna, mas parecia querer dizer que havia algumas coisas que eu não sabia e elas sim, e isso me excluía.

Mas no fim da escola primária fiquei meio amiga da Dorotea, que embora fosse uns dois anos mais velha que eu também não se reunia com as outras alunas, sua religião não permitia. Parece que era árabe, e apesar de vestir o uniforme da escola pública não cortava o cabelo, como as outras, nem sonhava com pintar as unhas, igual a mim. Uma vez Dorotea me convidou para tomar café com leite na sua casa, com sua irmã mais velha, Laura. Ela era realmente uma mulher, me pareceu, devia ter uns vinte e quatro ou vinte e cinco anos. Sua religião a impediu de estudar e a prematura morte da mãe a convertera na dona da casa, governada pelo seu pai, Mustafá, um árabe de rosto muito branco, olhos azuis, cabelo preto e uma indefinida melancolia no olhar, a dos emigrantes (isso eu aprendi muito depois).

A tarde em que fui à casa das irmãs árabes foi cheia de revelações para mim. O pai delas havia autorizado minha visita e a irmã mais velha tinha preparado uns deliciosos bolinhos doces com mel e gengibre para o lanche. Em determinado momento, ela me perguntou:

— Você já se desenvolveu?

A pergunta me surpreendeu, ninguém nunca a fizera, e até onde eu sabia se desenvolver era sinônimo de crescer; como eu só tinha doze anos, respondi, ingenuamente:

— Mais ou menos.

A irmã mais velha me olhou, surpresa.

— O que você quer dizer com isso? — me perguntou inquisitorialmente.

— Que eu cresci um pouco, mas como só tenho doze anos espero crescer um pouco mais ainda — respondi doutoralmente, comendo o bolo dourado com um saboroso toque de gengibre.

— Mas me conte — simplificou Laura —: você já sangrou ou não?

Quanto a isso, já tinha ocorrido, efetivamente, fazia um ano, causando-me alguns transtornos, como umas hemorragias excessivas que me faziam manchar vários pacotes de algodão por dia e faziam minha pobre avó lavar intermináveis pilhas de toalhas que irritavam minha pele quando o sangue coagulava, mas eu não sabia que relação isso podia ter com a estatura de uma pessoa. Da primeira vez que sangrei (em um domingo pela manhã, ao acordar na casa das minhas tias-avós, enquanto as galinhas cacarejavam e o cachorro latia para os camundongos velozes), descobri um grande coágulo de sangue entre as pernas e fiquei alarmada, pensando que tinha me machucado com algum ferro da cama ou no terreno dos fundos, brincando com os animais. O lençol também estava manchado, então chamei minha avó e lhe disse:

— Eu me machuquei.

Minha avó olhou para aquelas manchas cor de ferrugem entre minhas coxas, trouxe uma toalha pequena, limpou-as e secou e me disse:

— Você já é uma mocinha. Isso vai acontecer todos os meses, na mesma data, e você vai ter que usar essas toalhas.

E foi lavar os lençóis.

Ser uma mocinha não representava nenhuma das minhas ambições ocultas. Eu não queria usar salto, não pensava em usar batom e nem meias de náilon, de modo que o novo status me deixou um pouco triste (havia desaparecido minha infância aventureira?). Mas nada mais. Acho que minha avó contou para minha mãe e esta para meu pai, mas ninguém me falou mais do assunto nem me deu nenhuma informação. Eu sangrava todos os meses com um verdadeiro exagero, manchava as calcinhas, às vezes até as saias, e aquelas toalhas entre minhas coxas me provocavam assaduras e escoriações dolorosas, mas parecia algo inevitável. Comecei a pensar que ser uma mocinha na verdade era um martírio, uma inconveniência, algo desagradável que me mortificava e criava obstáculos para meus planos e desejos.

— Sim, sangrei — disse à irmã mais velha da minha amiga Dorotea.

Ela olhou para mim com interesse genuíno e um quê de proteção.

— Então agora você tem que tomar muito cuidado com os homens! — me disse.

Eu tinha tido um par de episódios desagradáveis e perturbadores, quando era mais nova, com amigos do meu tio solteiro, e os homens não me provocavam nada além de nojo e medo, mas ela insistiu.

— Agora que você já é uma mocinha, se um homem te tocar, você vai ficar grávida! — sentenciou Laura.

Isso sim era uma total revelação. Eu não tinha contatos habituais com nenhum homem, mas realizava algumas tarefas fora de casa que me exigiam estar em contato com eles. Eu era a encarregada de comprar pão, todo dia, e, se era verdade que as atendentes da padaria eram duas mulheres, às vezes o padeiro ajudava e atendia aos clientes, recebia o dinheiro e dava o troco. Por sorte me lembrei de que ao lado da fascinante caixa registradora de ferro (tão antiga quanto a padaria) havia uma superfície de borracha, então se eu deixasse as moedas ali ele as pegaria sem ter que me tocar. E se alguma vez precisasse me dar alguma moeda, podia colocá-la ali e eu a recolheria sem entrar em contato com ele. Faria o mesmo no mercadinho e no sapateiro. A vida cotidiana se transformaria em um pesadelo, me esquivando e evitando as mãos e os corpos dos homens, embora Laura tenha dito que eu só ficaria grávida se um homem me tocasse. Quanto aos homens da rua, não havia nenhum problema porque eu nunca me aproximava deles.

No entanto, apesar do meu otimismo e confiança, a vida cotidiana virou angustiante e cheia de cuidados. Eu precisava evitar os vizinhos que às vezes encostavam na minha cabeça, admirando meus cabelos tão loiros, tão lisos, e o vendedor judeu que insistia em me calçar as meias. Ao menor descuido eu podia ficar grávida. Também tinha que evitar o jornaleiro que trazia os jornais em casa, lhe disse que os deixasse no chão, e pedi ao leiteiro que fizesse o mesmo com a garrafa de leite.

Comecei a ficar obcecada pelo medo da gravidez casual, imprevista, e estava muito apreensiva, até que dessa vez aconteceu o inevitável: a padaria estava cheia e um homem que entrou com pressa, jovem e forte, me empurrou para me tirar do lugar, pegando na minha mão. Essa mão culpada e embaraçosa que agora eu brandia diante da minha mãe. Ela me tranquilizou quanto a essa gravidez inexistente e me perguntou com quem eu tinha conversado. Disse que com Laura, a irmã da Dorotea.

— Isso de gravidez é bem mais complicado — me explicou minha mãe —, mas não há necessidade de falar do assunto agora.

Poucos dias depois, Dorotea parou de ir para a escola e isso me provocou um pouco de melancolia, mas agora, sabendo que se um homem me tocasse por casualidade eu não ficaria grávida, a vida voltava a ser um fenômeno cheio de mistérios e carregado de intrigas que me inspirava uma enorme curiosidade, além de rebeldia.

Um dia decidi perguntar à minha mãe como uma mulher podia ficar grávida (parecia que só os homens faziam isso) e ela, bastante irritada, me respondeu:

— Preste atenção nos peixes.

Não havia peixes na minha casa nem em muitas léguas ao redor, mas existia uma pequena loja de venda de animais com um aquário redondo, cheio de plantinhas verdes e pedras falsas, e eu passei muito, muitíssimo tempo observando-os girar, dar cabeçadas no vidro, mas isso tampouco me fez descobrir como uma peixa ficava grávida, e o pior: não podia distinguir um peixe do outro, de modo que perdi o interesse pela coisa.

A OPERAÇÃO

Aos domingos eu acordava na casa das minhas tias-avós, quando todas já tinham ido para a missa e só faltava eu, que dormia um pouco mais. Minha avó entrava no grande quarto de chão de tábuas de madeira tratada, com veios de cor marrom, uma cômoda de carvalho com estantes e duas camas iguais, muito separadas entre si, onde dormíamos eu e ela, e me chamava, sem se aproximar, ordenando que eu me vestisse para ir à missa. Eu tinha feito a comunhão, portanto podia ir à igreja sozinha, às dez, escutando os sinos próximos. Eu me vestia rapidamente — o quarto costumava estar muito frio — enquanto escutava o cacarejar das galinhas que passavam horas bicando o chão e fugindo da imponente presença do macho dominante, o galo pintado com uma enorme crista vermelha, asas marrons e azuis, e umas patas poderosas, com maciças garras afiadas. As galinhas eram minhas amigas, eu tinha batizado cada uma (Lucía, Rosa, Ester, Marina, Pepa, Teresa), mas elas iam desaparecendo lentamente, uma por uma, a cada festa familiar. Eu me negava a comer carne ou sopa de galinha, porque a mera ideia de devorar uma das minhas amigas me parecia um cruel assassinato, uma tortura pela qual me sentia culpada e cuja dor perduraria para sempre.

Mas naquela manhã eu estava com vontade de vomitar, não de tomar o café com leite e pão, manteiga e açúcar de cada domingo. Minha barriga doía e eu estava nauseada.

Eu nunca vomitava, de maneira que, quando quis me pôr de pé para cumprir com a ordem da minha avó, me dei conta de que minhas pernas não me respondiam e de que eu ficava enjoada só de tentar levantar a cabeça: estava doente. As galinhas cacarejavam. Um sol morno, meio sol, entrava pela pequena abertura do teto, e minha avó, ao perceber que não havia movimento no quarto, entrou, me observou, me perguntou o que eu tinha, "Quero tomar água sanitária!", balbuciei, e ela se deu conta de que eu estava mal, muito mal. Só ela e minha tia Rosa estavam em casa, de modo que se dirigiu rapidamente ao telefone — o único do bairro — e ligou para a casa da minha tia Coca, certamente para pedir ajuda. Também ouvi que ligava para o serviço de emergência da associação de moradores. As galinhas continuavam cacarejando, e, às vezes, o galo lançava seu intimidante grito de autoridade que inundava o espaço, os jasmins em flor, as laranjeiras e a corticeira de lábios carnudos.

Era domingo, um dia ruim para adoecer em Montevidéu ou em qualquer cidade do mundo. E para não conseguir sair da cama.

Em algum momento apareceu um médico, me examinou, eu continuava pedindo um copo de água sanitária, por favor, e ele deve ter dito alguma coisa para minha avó, porque ela se dirigiu à pequena sala onde ficava o telefone — o único do bairro: um luxo, naquela época —, ligou para meu tio Arturo e lhe pediu que viesse com o carro. Eu só havia escutado o médico dizer: "Você tem que levá-la para o hospital imediatamente, mas dirija muito devagar". Perguntei à minha avó por que eu tinha que ir ao hospital e ela me respondeu que era melhor que me vissem lá, embora fosse domingo, que meu tio Arturo me levaria e logo, logo, quando pudessem se comunicar com minha mãe, ele iria buscá-la.

Eu gostava mais do meu tio Arturo que do meu pai, e sentia simpatia por ele, porque nas noites de verão ele gostava de me ensinar o nome das estrelas e de certos insetos que eu achava entre as plantas. Era um homem discreto, sereno, comedido e quase calvo. Era casado com a única irmã da minha mãe e eles pareciam ter um casamento feliz, tinham só uma filha, da idade da minha irmã, que eu via poucas vezes porque sofria de asma, mas com quem me sentia bem, pois era curiosa e compartilhávamos o mesmo gosto pela exploração do terreno da grande casa e pelas histórias de aventura.

Toda a minha família era afiliada ao Círculo Católico, de modo que em uma marcha muito lenta e cuidadosa (o médico tinha recomendado que ele tomasse cuidado com os numerosos buracos do asfalto e que dirigisse lenta e cuidadosamente, para que meu abdômen não balançasse) pelas ruas quase desertas de um domingo de manhã, meu tio Arturo me dirigiu até o hospital do Círculo Católico. Ao chegar, um enfermeiro me ajudou a descer do carro, porque a febre me fazia tremer. Escutei algo assim como "peritonite", o que me causou assombro, porque as duas primeiras sílabas coincidiam com meu primeiro sobrenome, mas eu só queria tomar um copo de água sanitária, que ninguém queria me dar.

— Vá buscar o cirurgião de plantão na casa dele e traga-o para cá — ordenou esse enfermeiro ao meu tio Arturo, e ele obedeceu, me deixando sozinha.

O enfermeiro parecia o único habitante desse hospital de paredes ocre, cadeiras de madeira marrons e cartazes nas paredes que pediam silêncio. Apenas algumas portas fechadas e o enfermeiro, de uniforme branco, que me levava pelo braço. Ele anunciou que iam me operar e que para isso eu tinha que depilar o púbis, já que a operação era na barriga, no apêndice. Me levou para um pequeniníssimo cômodo com somente uma maca e me deu a ordem de que tirasse a roupa e a pendurasse no único cabideiro de madeira que havia na parede. Eu, tremendo, tirei a roupa, mas fiquei de calcinha.

— A calcinha também — me disse. — Eu tenho que te depilar.

Me dava vergonha tirar a calcinha na frente de um homem, mas não havia ninguém em volta, não se escutava nenhum barulho e eu nunca, até então, tinha gritado nem de medo, nem de dor, nem de tristeza, nem de raiva. Não conhecia o procedimento de uma operação, mas, sem dúvida, o enfermeiro sim. Era um homem não muito alto, de uns vinte e oito anos, calculei, moreno, nem gordo nem magro, e agia com muita segurança. Eu estava assustada, mas disfarçava, como sempre. Quando tirei a calcinha, me senti completamente nua. Nunca havia estado sem roupa na frente de um homem, nem mesmo do meu pai, nem do médico, que examinava minha garganta ou minha barriga, mas vestida. Estava um pouco frio, mas o pior era a sensação de estar despojada, nua, como uma daquelas galinhas assustadas dos fundos da casa da minha avó.

— Deite-se na maca — ordenou o enfermeiro.

Me arrastei até a maca com meu estilo felino habitual: de barriga para baixo, dos pés até a cabeceira, como uma tigresa, e então me virei. O enfermeiro amarrou meu braço estendido com umas correias muito grossas, que me machucavam, mas eu não gritei. Então, o outro. Olhei para ambos os braços e me senti como Jesus Cristo na cruz: sozinha e desprotegida. O enfermeiro tinha me imobilizado.

De um armarinho de vidro que havia ao lado do cabideiro, cheio de aparatos que eu não conhecia — salvo as tesouras de vários tamanhos —, ele tirou algodão e um pote com um líquido vermelho que estendeu sobre meu ventre e anunciou:

— Vou raspar esses pelos que você tem na barriga e mais embaixo — disse.

Também tinha imobilizado meus pés, como Jesus Cristo, de modo que não havia nenhuma possibilidade de que eu me mexesse. Estava ali, estendida sobre uma maca, amarrada, muda, sozinha, e o enfermeiro começou a deslizar a máquina de barbear sobre meus pelos púbicos. Eu não sabia que se podia tirar esses pelos, mas não disse nada. Tudo parecia necessário para me extirpar desse maldito apêndice infectado. Ele me barbeava com a mão forte e segura, sem esquecer de nenhuma dobra, nenhum centímetro de pele, e às vezes se detinha para contemplar sua obra com certo orgulho. Eu observava como se se tratasse do corpo de outra, olhava de cima, como se eu estivesse fragmentada.

Quando ele terminou de me depilar e de contemplar sua obra, de repente, com rapidez e violência, enfiou seus dedos no meu sexo, até o fundo, sem deixar de olhar para esse buraco negro. Senti uma dor imensa, brutal, inesperada, e então gritei. Olhei para baixo, para sua mão afundada no meu sexo, e vi que uma grande mancha vermelha de sangue cobria o lençol da maca e escorria até embaixo. Então, tão violentamente quanto tinha sido a penetração, o enfermeiro cobriu meu rosto com uma máscara de éter, e eu não soube de mais nada.

Quando acordei estava em outro cômodo, maior, com uma janela com cortinas, e minha mãe estava ao meu lado. Sentia uma forte dor no ventre, do lado do apêndice, e um médico muito mais velho, um idoso afável, me olhava com carinho e sorria.

— Já passou, querida Cristina — me disse. — Você já está bem. Vai ter um pouco de dor na lateral por alguns dias, mas eu tirei o apêndice que estava infectado e logo você vai poder voltar para casa, voltar para a escola e brincar na rua, como sempre.

Esse não era o enfermeiro que tinha me sequestrado no pequeno cômodo. Era um homem mais velho, sorridente e parecia bondoso.

— E da outra operação, como eu estou? — perguntei, com insegurança.

— Fui eu quem te operou, minha querida Cristina, do apêndice, e agora você tem uma cicatriz, tive que te dar vários pontos, que com o tempo vão parando de incomodar.

Olhei para minha mãe.

— Me operaram de duas coisas — eu disse. — Tinha outro homem, um enfermeiro, que me operou embaixo — acrescentei.

O médico me ouviu e riu.

— Você está confundindo as coisas — disse —, é natural, tivemos que te dar anestesia, certamente você não sabe nem que dia é nem onde você está.

— Tinha outro homem — eu disse. — O que me operou primeiro.

— Bom, querida, eu tenho que ver outros pacientes. Sua mãe vai ficar com você e se doer muito te daremos uma aspirina.

O venerável idoso se foi. Olhei para minha mãe, que se inclinava até mim com suavidade.

— Mamãe — eu disse —, antes que me operassem do apêndice, me puseram em um quarto e um enfermeiro enfiou os dedos lá embaixo, doeu muitíssimo e sangrou, não consigo me esquecer da grande mancha de sangue sobre o lençol branco — eu disse.

Minha mãe me olhou muito seriamente.

— Por que esse médico não acredita em mim? Eu não tinha visto ele antes. Foi outro quem me amarrou, me depilou e me fez sangrar.

Minha mãe olhou para a parede. Havia a imagem de uma Virgem Maria de papelão que pendia de uma moldura. A Virgem era azul-celeste, e algumas lágrimas se derramavam dos seus olhos claros.

— Não repita isso — me disse. — Não conte isso para ninguém, por favor. Me prometa — acrescentou.

— Prometo — eu disse, rapidamente. — Mas quem era esse homem, e de qual outra coisa ele me operou?

— Shhhhhhhhh — disse minha mãe, fazendo o gesto de tapar minha boca. — Não conte isso para ninguém. E, por favor, não conte isso para o seu pai. Se ele souber disso, é capaz de vir com um revólver e matá-lo.

— Mas eu quero vê-lo. Quero falar com ele — eu disse.

— Calada — respondeu minha mãe. — Você me fez a promessa de que jamais falará sobre isso com ninguém.

O lado direito da minha barriga doía muito, eu estava completamente enfaixada e me sentia feliz que por fim minha mãe estivesse ao meu lado. Acreditava na minha mãe. Eu devia esquecer aquilo que aconteceu naquele cômodo sombrio e sobretudo jamais contar nada a meu pai. Intuí que se tratava de algo muito sério e importante e que minha mãe estava me dando o melhor conselho possível.

Não voltei a pensar no assunto, estava dolorida demais, me davam remédios, queria voltar para casa e retomar minha vida habitual, esquecer esse episódio que não tinha nenhuma explicação clara para mim na caixinha das lembranças mortas. Porque, do mesmo modo que as pessoas morriam, as lembranças eram esquecidas ou desapareciam. E eu não acreditava em fantasmas.

AS ANORMAIS

Eu tinha treze anos e estava perdidamente apaixonada pela minha companheira de banco, no colégio, quatro anos mais velha que eu e de uma grande beleza e doçura, chamada Elsa. Eu não sabia que estava apaixonada: primeiro se sente, então se sabe. O que era aquele turbilhão interior que me arrastava em direção a ela, que transformava sua presença em imprescindível para mim, o timbre da sua voz, seus olhos azul-celeste nos quais parecia que eu poderia navegar, percorrer diferentes rios e mares, o Aqueronte — o rio dos mortos —, o Ganges — o rio purificador — e o Lete — o rio do esquecimento? Se eu não estava ao seu lado, admirando-a e conversando com ela, em uma deliciosa intimidade, em adorável cumplicidade, me sentia inquieta, atrapalhada, nervosa e quase sempre triste. Mas, ao vê-la, meu interior explodia em uma espécie de euforia: queria fazer uma enorme quantidade de coisas com ela, subir nas árvores, cantar, contar histórias, ler livros, escutar música e caminhar, caminhar, caminhar, por onde nossos pés nos levassem, porque o mundo era grande, infinito, e eu só podia aproveitá-lo ao seu lado. Apesar de ser quatro anos mais velha que eu, Elsa não me tratava com superioridade nem condescendência, muito pelo contrário, me tratava com grande ternura, e eu derretia sob a mirada daqueles olhos azul-celeste que pareciam conduzir diretamente ao paraíso.

Éramos cúmplices. Inseparáveis. Pelo menos nas quatro horas que duravam as aulas do colégio, e os breves recreios que eram a única liberdade permitida. Quando as aulas terminavam, cada uma subia em um ônibus diferente — vivíamos em bairros muito distantes entre si — e no mesmo instante a tristeza, a inquietude, a melancolia me ganhavam: eu era toda uma aspiração de que o tempo transcorresse rapidamente até o outro dia, para voltarmos a ver-nos e estarmos juntas. Em uma tentativa de desafogar meu nervosismo e inquietude, comecei a escrever-lhe, durante a ausência forçada, uma ou duas cartas por dia, que lhe entregava depois, no alegre momento do nosso reencontro. Falava-lhe da minha necessidade de estar ao seu lado, de quão infeliz era minha casa, de quão alegre eu seria ao voltar a vê-la e da minha solene promessa de estar com ela pelo resto dos meus dias. Ela lia aquelas cartas no dia seguinte, as guardava, mas nunca as respondia. No entanto, me jurava que tinha sentido minha falta o tempo todo, que de noite não tinha dormido bem pela vontade de estar comigo. "Me escreva", eu pedia, "me escreva, por favor, assim, no dia seguinte, poderei me consolar um pouco." Mas ela se esquivava com diferentes explicações para não o fazer. Não tinha um quarto só seu — dividia-o com seu irmão, seis anos mais novo —, seus pais a vigilavam muito e ela não encontrava nenhum lugar onde esconder aquelas cartas. Pensei, com pavor, se ela as lia e depois as jogava fora, e me disse que sim, que não queria que ninguém as encontrasse nem as lesse. "Não importa", eu disse, "te escreverei centenas, milhares de cartas, nunca vão faltar." Mas às vezes pensava que era um pouco triste escrever-lhe cartas que ela leria somente uma vez, que não poderia voltar a olhar as letras que, com o fogo do meu coração, pareciam arder, pareciam relevos. Também não podíamos falar por telefone: na minha casa éramos pobres demais para nos permitirmos esse luxo; então, se não nos víamos, o silêncio mais obscuro se estabelecia entre nós. Isso me provocava uma ansiedade profunda. Uma vez ela faltou à aula três dias seguidos, e eu não pude responder a nenhum dos professores, sequer fiz anotações, e imaginei coisas horríveis: Elsa havia contraído uma doença muito grave e estava de cama, morrendo longe de mim, sem poder me abraçar, nem me beijar, nem me dizer quanto me amava, nem eu podia abraçá-la, beijá-la, dizer quanto a amava. Além disso, ela nem tinha uma das minhas cartas, para voltar a lê-la antes de morrer. E eu tinha menos ainda: nem uma foto (na época as fotografias eram um privilégio de pessoas ricas), nem uma carta, nem um fio dos seus cabelos dourados, nem um pedaço do seu vestido. Por sorte, Elsa não morreu (eu não preguei o olho durante as três noites), se tratava de um forte resfriado que eu contraí assim que ela voltou, por osmose, paixão, ou porque quando duas pessoas se amam têm a ilusão de ser uma pessoa só, como os bebezinhos riem se um deles ri, e como os chimpanzés se transmitem bocejos. Mas o episódio da inexplicável ausência que me havia deixado na solidão mais horrível me serviu de lição e, quando ambas estávamos recuperadas, lhe propus um pacto de amizade eterna. Eu não sabia que isso era o amor, não tinha lido sobre isso ainda. De modo que aquele pacto de amizade era na realidade amor, mas de que importam os nomes? Propus que cada uma furasse a ponta do polegar e trocasse uma gota de sangue, com a promessa de que jamais nos separaríamos nem deixaríamos de nos ver, de estar juntas. Ela aceitou. Suponho que eu havia visto esse pacto em algum dos livros que devorava com prazer e ansiedade, em *Tom Sawyer* ou em *Mulherzinhas*, na época eu não lia nem Jean-Paul Sartre nem Simone de Beauvoir, embora figurassem nos meus planos futuros.

Para realizar o pacto de sangue nos fechamos em uma dessas hediondas cabines com um buraco no chão para urinar e defecar que constituíam os banheiros do decrépito Liceu Rodó, público e gratuito, que era o que frequentávamos. Evitávamos entrar em uma dessas latrinas cujas portas verdes de madeira gasta estavam cheias de desenhos obscenos e frases escatológicas (eram as mesmas para meninas e meninos), mas, nesse caso, o motivo era suficientemente importante, solitário e secreto para nos fecharmos em uma.

Furei meu polegar com o alfinete de ouro de um dos seus broches e ela furou o seu com o mesmo instrumento: trocamos nosso sangue, pacto de uma amizade que era amor sem que o soubéssemos, e o ato me encheu de paz e de confiança. Por fim eu me sentia segura sobre nossa relação. Estaríamos sempre juntas, sem jamais abandonar uma à outra, compartilharíamos as tristezas e as alegrias, as noites e os dias. É verdade que havia muitos obstáculos. Em primeiro lugar, a idade. Nenhuma das duas tinha liberdade de tempo nem de movimentos, tínhamos que voltar para casa quando terminavam as aulas, morávamos muito longe uma da outra e nossas famílias não se conheciam. Eu queria fazer um curso qualquer, porque, na realidade, eu queria ser escritora, e esse curso não existia. Ela ainda não tinha decidido, não gostava muito de estudar e sua família era muito severa e inflexível: as mulheres tinham que se casar e ter filhos. Mas nós teríamos tempo de resolver tudo isso — eu disse a mim mesma —, no momento havia um problema mais urgente: se aproximavam as férias que duravam os três meses de verão e isso queria dizer que não poderíamos nos ver, nem nos falar, nem estar juntas. Pedi seu endereço e lhe dei o meu: pelo menos, existia o correio, poderíamos escrever cartas e lhe jurei que escreveria todos os dias, para que a dor da separação não fosse tão intensa.

Ela prometeu que o faria, embora tivesse dúvidas: seus pais a controlavam demais.

As férias foram intermináveis. Eu lhe escrevia todos os dias, contando quão cruel era sentir sua falta, não vê-la, não escutá-la, mas nem sempre enviava as cartas: temia que fossem descobertas, e, além disso, seu silêncio me desanimava.

A melancolia, a dor da sua ausência me tornaram mais solitária e arisca que nunca, eu sentia uma enorme rebeldia interior, um tormento de diferentes paixões, e o pior: não sabia o nome de tudo aquilo que estava acontecendo comigo.

Minha mãe, que havia observado a mudança, se aproximou de mim carinhosamente, em uma tarde de verão, quando todos dormiam, e me perguntou o que eu tinha. Murmurei, entre os dentes, que sentia muitíssima falta da minha amiga Elsa. Que não nos víamos, que eu precisava dela e que isso me fazia ficar triste, dolorida, ansiosa e mal-humorada. E que não sabia o que eu tinha. Não sabia explicar por que isso estava acontecendo.

Minha mãe me olhou com ternura. Ela tinha olhos de uma maravilhosa cor violeta que nunca voltei a ver na vida: uma cor que parecia conter todas as cores, todas as ausências e as presenças. Em um gesto de inusual afeição, acariciou minha cabeça e me disse:

— Fique tranquila. Na sua idade, é comum ter uma amiga íntima, que você ama muito, e que por sua vez te ama muito. Acontece com quase todas as meninas. Já vai passar.

Sua breve explicação não acabou com minha angústia de forma alguma, apenas a aumentou. Eu não tinha vontade de que passasse — nunca havia pensado nisso — nem para mim e nem para Elsa, pelo contrário, queria que esse acúmulo de emoções durasse por toda a nossa vida, embora me matasse de ansiedade; e eu não podia imaginar um momento em que não fosse assim. De modo que decidi evitar falar do assunto com minha mãe, porque se tratava de algo diferente do que ela conhecia. Minhas noites eram heroicas. Imaginava situações em que Elsa estava em perigo — um leão fugido do circo, um soldado romano vindo de outras épocas, um raio que atravessava o espaço, uma peste mortal — e eu a resgatava, valentemente. Tinha uma imaginação muito viva, muito desenvolvida, e a cada noite ambas, eu e Elsa, vivíamos uma aventura diferente, onde eu tinha que me arriscar para salvá-la. Dessa maneira, nossa aliança ficava definitivamente estabelecida.

Eu tinha virado mais solitária e melancólica que nunca. Só escutava música clássica, como os grandes românticos, e sabia nota a nota os *Noturnos*, de Chopin, os concertos para piano de Tchaikóvski, as grandes óperas italianas de Verdi e de Puccini, os espirituais afro-americanos cantados por Marian Anderson, as sonatas de Beethoven, Smetana, Sibelius e Schubert. Tinha emagrecido muito, perdido o apetite e me sentia sozinha, isolada, separada do resto da humanidade.

Uma tarde, enquanto eu, sozinha no quarto, escutava a ária de amor, de loucura e de morte de *Tristão e Isolda* cantada por Kirsten Flagstad, minha mãe entrou no quarto surpreendentemente acompanhada por Elsa. Minha surpresa foi total. Emudeci. Como os trovadores provençais, devo ter empalidecido ("Todo amante deve empalidecer ante a presença da amada", primeira regra do amor cortês), emudecido; me senti feia, desajeitada, tosca. Meu quarto era pequeno; só tinha uma cama, um guarda-roupa e uma prateleira de madeira, feita pelo meu pai, onde eu acumulava livros e papéis. E a vitrola, onde eu escutava essa música que adorava porque me fazia sentir menos sozinha no intenso mundo das paixões descontroladas. Minha mãe abriu a porta para Elsa e prudentemente se afastou, não sem fechá-la. Estávamos sozinhas pela primeira vez em um quarto, e a surpresa havia me paralisado. Mantínhamos uma prudente distância, como se temêssemos a proximidade física.

— Oi — Elsa me cumprimentou, com sua voz doce. No entanto, identifiquei uma expressão séria, diferente da emotividade eufórica dos meus encontros com ela no colégio.

— Oi — eu disse e fiquei quieta, sem saber acrescentar nada e sem me aventurar a fazer nenhum movimento.

— O que você estava escutando? — me perguntou.

— Nada — eu disse, reduzindo o valor de qualquer coisa frente a ela, que era o valor supremo. — O *Estudo nº 10* de Chopin, "Tristeza".

— Nunca o ouvi — ela disse. Bom, eu sabia que música não era um dos seus interesses principais, ao contrário de mim.

Fez-se um doloroso silêncio.

Eu não a esperava. Nunca a teria esperado no meu quarto, onde, no entanto, ela existia imaginariamente tanto quanto Violetta Valéry ou Mimi.*

— Quero falar com você — ela disse, muito séria, e eu adotei essa atitude humilde, dolorosa, de quem é mais desajeitada que nunca justamente com a pessoa que mais importa.

— Sim — eu disse. — Sinto muito sua falta, muitíssimo — eu disse. Pensei que, se eu começasse a falar, agora que estava um pouco recuperada da surpresa, ninguém no mundo ia poder me parar, nem sequer as águas descontroladas do poema sinfônico *O Moldávia* — Eu te enviei algumas cartas, mas te escrevi muitas mais; na realidade, é o que eu mais gosto de fazer neste mundo, te escrever cartas...

— É sobre isso que precisamos falar — disse Elsa, cabisbaixa.

Nunca a tinha visto tão cabisbaixa, embora fosse muito menos efusiva, entusiasta e apaixonada que eu. Nós duas éramos tímidas, mas eu pertencia a esse tipo de tímida que se lança perigosamente quando deseja algo de maneira intensa, seja justiça, bondade, amizade ou sabedoria.

— Você leu minhas cartas? — perguntei, temendo o pior.

— Sim — disse. — São muito lindas.

"Lindas" não me parecia um adjetivo apropriado para essas cartas. Eram intensas, apaixonadas, melancólicas, obsessivas,

---

* Violetta Valéry e Mimi são personagens das óperas *La Traviata* e *La Bohème*, respectivamente. (N. E.)

mas "lindas"? Talvez, por ser tão tímida e pouco expressiva, Elsa não tivesse encontrado outro adjetivo mais adequado.

— Mas eu vim pedir que não me escreva mais nenhuma carta — terminou.

Fiquei estupefata. O que aquilo significava exatamente? Tínhamos férias longas pela frente, e as cartas eram a única maneira de nos comunicarmos, como íamos viver sem esse laço, sem esse cordão umbilical, sem essa garrafa lançada ao mar?

— Meus pais encontraram uma carta que eu tinha escondido em um livro e me proibiram de receber cartas suas — acrescentou.

Por que falava dos seus progenitores no plural? Eu estava acostumada a falar deles no singular, ou melhor, eu só falava da minha mãe, porque tudo o que concernia ao meu pai era escandaloso, truculento, violento, de modo que, para os demais, era como se eu fosse órfã de pai. Elsa queria dizer que os dois, seu pai e sua mãe, tinham lido minhas cartas, tinham conversado entre si e tomado a horrível decisão de nos isolar, de nos deixar sem correspondência, de nos separar durante todo o verão?

— Por quê? — foi a única, dolorosa pergunta que me ocorreu.

— Meus pais dizem que são cartas muito apaixonadas, que nossa amizade não é conveniente, que é perigosa, que esses sentimentos não correspondem à nossa idade e que é muito melhor para nós duas que deixemos de nos comunicar por um tempo.

Eu não entendia o que podia haver de perigoso nesses sentimentos, se eu estava disposta a dar minha vida por Elsa.

— E o que você vai fazer? — perguntei com um fio de voz.

— Eu acho que eles têm razão — disse Elsa, outra Elsa, uma Elsa que eu não conhecia. — Tenho quatro anos a mais que você, você devia ter amigas da sua idade; e eu, da minha. Então vim dizer que não me escreva mais, porque meus pais não vão me entregar as suas cartas.

Senti uma violência genuína. Se eu tivesse uma zarabatana, teria liquidado os pais de Elsa. Do que eles estavam falando? Qual era o perigo se eu a amava e ela me amava, se compartilhávamos o banco do colégio e nada mais? E por que ela aceitava uma imposição tão injusta?

Por acaso concordava com seus pais? Não havia defendido nosso pacto de amizade até a morte, não havia lutado para conservar esse laço que nos unia eternamente? Uma dúvida esmagou mais meus sentimentos: Elsa era uma covarde, incapaz de defender o que queria? Dava para trás, apesar de ser quatro anos mais velha que eu?

Elsa se pôs de pé e eu também.

— Então... — murmurei, à beira do choro — ... eu não vou mais te escrever?

Parecia redundante. Eu estava suplicando por uma oportunidade, um desafio, que mostrasse pelo menos seu pesar.

Foi embora rapidamente, sem se despedir, e eu fiquei tombada na cama, como se estivesse tão ferida, que não pudesse falar, nem pensar, nem chorar, nem protestar. Compreendi, de súbito, que um desejo que me parecia sublime era castigado por pais obtusos, equivocados, e o pior: que dominavam Elsa até reduzi-la à mera obediência.

Pouco depois, minha mãe entrou no quarto. Só fazia isso quando tinha que me contar uma penosa confidência — alguma dor provocada pelo meu pai — ou precisava da minha ajuda para algo. Mas dessa vez foi capaz de superar seu egoísmo, olhou para mim e disse:

— O que aconteceu que você está tão triste, quando tinha tanta vontade de ver sua amiga?

— Nada — respondi, sem dar explicações e olhando para o chão.

— Me conta. Eu vou entender.

— Eles não querem — balbuciei. — Seus pais não querem que eu volte a escrever para ela.

— Não querem que você escreva para ela? — repetiu minha mãe, para se assegurar do motivo da minha dor.

— Não — repeti.

— Então não lhe escreva mais — respondeu minha mãe, rapidamente. — Se não querem suas cartas, não as envie.

— Mas eu sinto muita falta dela, quero estar com ela, preciso dela, a vida parece insuportável se eu não me comunico com ela!

— Vai passar — respondeu minha mãe, taxativa. — Você vai sofrer por uns dias, mas vai passar. Não deixe que te humilhem. Eles não entenderam nada, e ela também não. Não dê pérolas aos porcos.

Era uma frase que eu escutava pela primeira vez e me surpreendeu pela sua crueza. Queria dizer que na vida havia porcos e outros animais e que as pérolas eram um alimento refinado demais para esses bichos? Elsa não era uma porca! Elsa era bonita, delicada, tinha lindos olhos azul-celeste e, mesmo que falasse pouco e talvez não fosse a pessoa mais inteligente do mundo, para mim ela era.

— A Elsa não é uma porca! — gritei, exaltada.

— Faça-se respeitar. Suas cartas são pérolas, e, se os pais não as apreciam, se esqueça dela e deles.

Tal como minha mãe falava, parecia muito fácil, mas nada no meu íntimo indicava que eu pudesse esquecer.

— Faltam dois meses para as aulas começarem outra vez — minha mãe disse. — Dois meses passam muito rápido e você fica o dia lendo e escutando música, de modo que passarão mais rápido ainda. Vocês vão voltar a se encontrar no começo do segundo semestre e tudo voltará a ser como antes — minha mãe disse.

Foram as primeiras palavras de consolo. Eu tinha uma esperança: o começo do segundo semestre. Voltaríamos a estar juntas e talvez até pudéssemos dar um passeio, caminhar, tomar um refresco.

Minha mãe fez um breve afago no meu cabelo e desapareceu. Eu me aferrei a essa ilusão. Tinha uma enorme quantidade de livros para ler naquele verão, adquiridos na biblioteca do meu tio, podia escutar o dia todo a Rádio Nacional, que transmitia música clássica vinte e quatro horas por dia, e estava empenhada em escrever uma história do cinema, porque o livreiro me disse que ainda não existia nenhuma, de modo que me propus a fazer fichas com recortes de jornal e os programas dos cinemas até completar a história, pelo menos desde que o cinema havia deixado de ser mudo. E podia escrever cartas para Elsa todos os dias, mesmo que não as enviasse. Poderia entregar-lhe todas juntas quando voltasse a vê-la, quando ela não estivesse tão assustada com a proibição da sua família e quisesse lê-las. Eu tinha descoberto, além disso, um estranho prazer noturno, esfregando minhas pernas contra os lençóis, e essa atividade desconhecida até então me proporcionava deliciosas sensações físicas que estimulavam meus devaneios mais íntimos. Depois, sonhava com Elsa. Não deixei de fazer isso nenhuma noite nesses dois meses. A atividade física e o sonho com Elsa.

Um dia, me lembrando dos argumentos dados pelos pais de Elsa para proibir minhas cartas, perguntei à minha mãe:

— Eu sou uma pessoa apaixonada?

Minha mãe me olhou severamente e respondeu:

— Para de perguntar essas coisas. Não são para sua idade.

Procurei a palavra no dicionário. Dizia: "Possuído por alguma paixão". Eu tinha a vaga ideia de que existiam paixões e vícios, mas o que eu queria saber era se eu era uma dessas pessoas "possuídas por uma paixão". Dizia: "Ação de padecer". Sem dúvida, eu padecia pela ausência de Elsa. Dizia também: "Estado passivo no sujeito". Quanto a isso, eu não correspondia à descrição. Eu era uma pessoa ativa: lia, escrevia, escutava música, jogava futebol, canastra, e praticava esse maravilhoso exercício noturno que deleitava meu corpo. Mas havia outra entrada no dicionário que parecia se ajustar perfeitamente a mim: "Desejo veemente de uma coisa". Isso me confundiu um pouco. Existia algum desejo que não fosse veemente? Não acreditava fazer sentido um desejo que não fosse veemente. E então surgia outra questão: ser "apaixonada" era bom ou ruim? Segundo os pais de Elsa, parecia algo ruim, decididamente, e minha mãe, negando-se a responder, também havia insinuado que era algo perigoso e possivelmente negativo. Agora, era possível escolher entre ser ou não ser apaixonada? Como eu não encontrei nenhuma explicação, pensei que era uma das tantas coisas que deveria saber no futuro, essas incógnitas dos adultos, que as guardavam como um segredo.

 O verão passou com suas cigarras cantando na hora da sesta, uma música feia, trituradora, desagradável, o cheiro dos figos maduros da árvore com uma gota de mel na ponta que eu sorvia com prazer, a solidão larga e silenciosa das três da tarde, com minha mãe e minha irmã dormindo, e por fim chegou o momento entusiasmante de voltar ao colégio. Eu não havia deixado de pensar na Elsa, de sonhar com ela nenhuma noite. Estava nervosa, tensa, desejava esse reencontro com todas as minhas forças e com todo o meu temor também. Ansiedade, desejo, medo e esperança. Seria isso uma paixão?

 Quando o sino de entrada para a primeira aula soou, me dirigi diretamente ao assento que haviam me assignado e olhei ao redor com ansiedade; Elsa não estava nos assentos vizinhos, e o que era muito pior: não a vi entre os demais meninos e meninas da classe. Me senti completamente confusa e não entendi nada: onde estava Elsa, minha Elsa, minha colega, minha amiga? Por que não tinha vindo? Enquanto eu tentava imaginar uma resposta, a professora de História ia nomeando um a um os alunos e alunas do 2º ano A por ordem alfabética, quando chegou o M com o qual começava o sobrenome de Elsa não a chamou, e, no entanto, no P ela me chamou. De repente, compreendi: ambas estávamos no 2º ano, mas nos tinham separado, seja por acaso ou de maneira intencional. Esperei ansiosamente o primeiro recreio e saí da sala correndo. No pátio de azulejos em forma de losango pretos e brancos lascados pelo uso, manchados de gordura, giz e tinta, um enxame de meninos e meninas corriam desenfreados de um lado para o outro, se perseguiam, se empurravam ruidosamente, produzindo uma barulhenta algazarra sem compasso nem ritmo. Iam de um lado para o outro. Ansiosamente busquei Elsa com os olhos, a loira, modesta, bonita Elsa de olhos azul-celeste e, quando já me desesperava imaginando que nos haviam separado para sempre, a avistei, de longe, com uma jaqueta vermelha e uma saia verde-escura. Seus cabelos brilhavam ardentes, levemente arrepiados. O recreio durava dez minutos, somente o tempo necessário para trocar de sala, e pelo menos sete já haviam sido consumidos quando eu a vi. Para minha surpresa e horror, ela não estava me procurando, como supus que pudesse estar, se nos haviam separado de modo voluntário ou fortuito, mas conversava amigavelmente com outra menina, da sua turma, sem me procurar. Saí correndo na sua direção, atravessando todo o pátio de azulejos em forma de losango, sob a antiga claraboia pintada de verde, já fosca, e quando cheguei eu disse:

— Oi, Elsa. Em que turma você está?

— No 2º C — ela disse.

— Não estamos juntas... — murmurei, desolada.

Nisso soou o sino de entrada à classe e Elsa desapareceu com sua colega enquanto eu ficava de pé, fixa como uma estátua em um jardim sujo, cheio de papéis amassados, mato e troncos cortados.

Supus que havíamos sido separadas por puro acaso; ou porque cometemos o erro de não pedir que nos mantivessem juntas, e não me atrevia a perguntar nada para o pessoal do administrativo, adultos feios e feias que não se interessavam por nada além de cumprir o horário e ir para casa, sem a menor curiosidade por essa multidão transbordante de meninos e meninas hormonizados que se comportavam de maneira indisciplinada, barulhenta e desajeitada.

Um ataque de ciúme me invadiu. Na verdade, eu não sabia o que era ciúme, embora tivesse lido essa palavra em algum romance, mas o reconheci de imediato. Senti ciúme da estúpida criatura de testa estreita e cabelo ondulado que acompanhava Elsa no meu lugar na hora do recreio. Por que Elsa não tinha me procurado na hora do recreio? Por que tinha ficado estática, sem me cumprimentar, enquanto o recreio passava? Agora eu teria que esperar outros quarenta e cinco minutos — dessa vez de Matemática — para perguntar.

No entanto, a troca de sala do recreio seguinte me obrigava a subir para o segundo andar e a obrigava a ir para os fundos, para a última sala do térreo, e eu não pude encontrá-la.

Quando tocou o último sino da jornada letiva, como pomposamente a chamavam, saí correndo para esperá-la na porta. Ela apareceu logo depois, seguida da colega feia, boba e sem graça com quem eu já a vira antes, e eu só pude dizer:

— Não estamos juntas. É horrível.

Ela me olhou nos olhos e me disse com a voz tênue:

— Eu também não gosto disso, mas nos distribuíram assim.

Sua resignação aumentou minha dor e minha ira.

— Nos vemos amanhã na saída? — perguntei.

— Não acho que sua família te deixe voltar mais tarde para casa, e a minha também não. Eles têm os horários dos ônibus.

Era verdade. A viagem de ônibus era longa e estava cheia de passageiros adultos que aproveitavam os corredores lotados e a proximidade forçada para toques infames. Ninguém protestava; tudo acontecia em um silêncio duro e obscuro como pedra. Uma tia-avó me esperava a cada tarde no ponto de ônibus, olhando ansiosamente para ver se eu descia. Os pais de Elsa faziam o mesmo. Nenhuma das duas tinha permissão para perder o ônibus ou se distrair olhando uma vitrine ou conversando com uma colega.

Eu me sentia cada vez mais dominada pela paixão, mas agora não se tratava de uma só, e sim de várias, às vezes opostas ou contraditórias: o desejo de estar com Elsa, a ira porque ela não parecia demonstrar o mesmo interesse, a raiva pela sua covardia, o ciúme da nova amiga que a acompanhava e a ansiedade por um encontro feliz que não acontecia. Todas essas inquietudes extraordinariamente intensas me convertiam em uma criatura torturada, infeliz e ao mesmo tempo sonhadora, imaginativa e lamentosa. Só me restava o consolo noturno, onde na solidão do meu quarto imaginava extraordinárias aventuras nas quais, no fim, eu e Elsa nos reuníamos, com o feliz e embriagador roçar das minhas pernas nos lençóis que me produzia um prazer intenso e um sono reparador.

Havia uma coisa que eu queria contar para Elsa, especialmente, e buscava com afã a ocasião. A professora de língua espanhola, uma mulher alta, elegante e de serena autoridade, havia ordenado que escrevêssemos uma redação em aula. Intitulava-se: "Um susto". De imediato, como era meu costume nesses casos, me pus a escrever um susto imaginário. Achava muito mais interessante inventar uma situação que contar um medo verdadeiro que tivesse vivido. No dia seguinte, a professora Manganelli deu as notas da redação e escolheu a minha como a melhor. Me pediu que a lesse em voz alta, mas, como eu era muito tímida, fiquei vermelha da cabeça aos pés (até minhas pernas ficaram coradas) e ela, compreendendo meu embaraço, me liberou da tarefa e a leu. Ao terminar a aula, me levou para um canto, me parabenizou e disse: "Acho que você vai ser uma ótima escritora". Eu estava com um total ataque de timidez, mas fiz um gesto afirmativo com a cabeça. "Você tem que ler muito", me aconselhou. Eu lia muitíssimo, sem ordem, que é como se deve ler: romances, poesia, livros de autores clássicos e modernos, os jornais que compravam na casa das minhas tias-avós, as bulas dos remédios, os cartazes dos filmes e os livros da biblioteca do meu tio, que devorava com bulimia. Embora não tenha conseguido balbuciar uma palavra, a afirmação da professora de espanhol me encheu de alegria. Como eu teria gostado de que Elsa estivesse ali para escutá-la! Sempre lhe havia confiado que queria ser escritora. Eu sabia perfeitamente que existiam muito poucas mulheres escritoras, e que além disso com essa profissão não poderia ganhar a vida, e que possivelmente em um país onde quase não havia editoras era impossível publicar um livro, mas os obstáculos nunca me detinham, eram isto: obstáculos a serem vencidos com tenacidade, esforço e... paixão. Agora que a professora tinha me estimulado, eu desejava ardentemente compartilhar isso com Elsa, a felicidade que se multiplicaria por dois, como as dores se dividem entre duas pessoas que se amam. Mas não consegui vê-la nesse dia nem nos dias seguintes, além de em breves instantes e de longe, o que fazia com que me sentisse sozinha, infeliz e abandonada.

Eu me consolava escutando música clássica e ópera no meu quarto, sonhando, pensando e lendo com avidez. Uma noite, antes de dormir, enquanto a Rádio Nacional transmitia árias cantadas por Beniamino Gigli e Renata Tebaldi, tive uma revelação: as *Rimas* de Bécquer. Por fim descobria um semelhante, alguém que parecia ter sentido e escrito as coisas que eu sentia. Fiquei emocionada, pulei de alegria: não estava sozinha no mundo, alguém era capaz de escrever: "*Poesía eres tú*"* (Poesia é Elsa) ou: "*Como guarda el avaro su tesoro/ guardaba mi dolor;/ le quería probar que hay algo eterno/ a la que me juro su amor*".**

---

* Em português, na tradução de José Jeronymo Rivera (2001): "Poesia... és tu." (N. T.)
** Em português, na tradução de José Jeronymo Rivera (2001): "Como guarda o avaro seu tesouro,/ guardava eu minha dor;/ queria demonstrar que há algo eterno/ à que eterno jurou-me seu amor." (N. T.)

Naquela noite, quase não dormi. As sacudidas das minhas pernas nos lençóis se sucediam com escassas pausas, e a dor e o prazer se misturavam de maneira doce e ardente.

Levantei-me cansada e com olheiras: tinha que contar isso para Alina.

Durante esse semestre tinha virado muito amiga de uma colega inteligente com quem podia compartilhar minhas emoções e meus sentimentos, porque ela, por sua vez, estava apaixonada por Verónica, uma menina judia da sua turma, ruiva, esperta e doce, que a tratava com uma amizade delicada, mas sem exclusividade. Alina se sentia muito inquieta, muito confusa com suas emoções, e, como estava disposta a estudar medicina (eu, ao contrário, seria escritora), se preocupava com as classificações.

Uma tarde, na hora do recreio, Alina veio correndo, agitada, para o banco onde eu lia solitariamente as *Rimas* de Bécquer e gritou:

— Somos anormais! Somos anormais!

Seu grito me assustou. O que ela queria dizer?

— Somos anormais! — insistiu. — Somos homossexuais! — me revelou.

Em minha ignorância sobre as classificações, eu não tinha a menor ideia do que isso significava. Só me interessava o amor.

— E o que isso quer dizer? — perguntei, desconfiada.

— O mesmo que viado, mas em mulheres — resumiu.

Fiquei confusa. Em primeiro lugar, eu não tinha muito claro o que era ser viado, além de afeminado, e nunca tinha me ocorrido que havia mulheres viadas.

— Mulheres viadas? — perguntei, assombrada.

— Não. Somos sapatonas.

Nunca tinha ouvido essa expressão.

Alina compreendeu minha confusão.

— Os homens se apaixonam pelas mulheres e as mulheres pelos homens, é sempre assim — disse Alina.

A verdade é que eu não tinha prestado atenção nessa conduta. Para mim o importante era o amor, não quem o sentia. E quem eram dignas de amor? As mulheres, é claro.

— Somos homossexuais, por isso não gostam da gente — disse Alina. — Porque não somos normais. Somos monstros.

Eu era um monstro? A verdade é que os monstros nunca tinham me interessado, nem os super-homens, nem as bruxas, nada sobrenatural.

Alina era uma monstra? E nós éramos as únicas monstras do mundo?

— E tem mais. É pecado mortal — acrescentou.

Eu era católica, embora fizesse um tempo que minha fé cambaleasse por algumas incoerências doutrinais e perguntas sem resposta.

— Quando um homossexual morre, ele vai para o inferno — disse Alina com autoridade.

— E se ele não soubesse que era homossexual?

— Vai para o inferno de qualquer maneira — respondeu.

Isso sim me indignou. Uma coisa era cometer um pecado sabendo disso, e outra, ignorando que fosse pecado.

— Eu vou deixar de ser anormal — disse Alina, horrorizada.

Se deixar de ser anormal consistia em deixar de amar Elsa, eu não me sentia capaz de fazê-lo.

Naquela tarde, perguntei para minha mãe:

— O que é ser anormal?

Minha mãe, incomodada com minhas reiteradas perguntas, disse:

— Um louco.

Eu estava louca, então?

— A ignorância do pecado exime da culpa? — perguntei imediatamente.

— Não — disse minha mãe. — Não exime.

— Mas me parece muito injusto — eu disse. — Por exemplo, se um índio não sabia que o catolicismo era a religião verdadeira e morria sem ser batizado, ele não era inocente pela sua ignorância?

— Não — disse minha mãe. — E pare de me fazer essas perguntas. Você pergunta demais.

— Eu vou ser escritora — me defendi.

— Então você vai ter que ganhar a vida de outra maneira, porque ninguém vive disso. — E foi embora.

Naquela noite, antes de me deitar, tive minha primeira dissidência com Deus. Se todos éramos filhos de Deus e Deus nos havia criado, tinha me criado anormal, e, portanto, não era culpa minha. Eu não tinha pecado por sê-lo, de modo que não me sentia culpada. E se eu morresse anormal e me enviassem para o inferno, eu aceitaria com resignação, porque Deus me criou assim. Senti rancor por Deus pela primeira vez na vida, mas me pareceu um sentimento louvável, de modo que não voltei a comungar nem a me confessar, posto que eu não me sentia culpada.

No dia seguinte, disse para Alina:

— Se sou anormal, é porque Deus me criou assim, Ele saberá por quê. De modo que não sou culpada.

Alina olhou para mim horrorizada.

— Você tem que deixar de ser anormal, ninguém vai gostar de você, como ninguém gosta de monstros.

Eu era orgulhosa demais para voltar atrás.

— Eu vou morar sozinha, não vou me casar nem ter filhos e, se ninguém quiser estar comigo, vou morar sozinha, com os livros, a música e um cachorro — afirmei.

Anos depois, Alina, que se casou em um esforço inútil para deixar de amar Verónica, se suicidou.

Elsa e eu nos víamos apenas uns minutos, ela sempre acompanhada dessa menina sem graça, até que uma tarde em que os alunos e alunas entraram em greve pelo aumento do preço do ônibus, eu a convidei para dar um passeio pelo calçadão em frente ao mar.

— Eu sou um monstro? — perguntei.

Elsa baixou os olhos e disse:

— Eu sei o que você sente e sei o que eu sinto. Mas temos que deixar de sentir isso, casar, ter filhos.

— Eu não — eu disse, com firmeza.

— Então não voltaremos a nos ver — ela disse e, me dando um beijo fugaz, foi embora correndo.

O mar quebrava violento contra as rochas. Não tive tempo nem de lhe contar que a professora me dissera que eu ia ser escritora. A espuma explodia em mechas brancas e amarelas. De repente, um golpe do mar me sacudiu e me derrubou. Quando me pus de pé, vi que nas águas iam flutuando em turbilhão as *Rimas* de Bécquer.

A REMINGTON

Eu sonhava com uma máquina de escrever. Na época eram muito caras, um objeto de escritórios, de lojas ou de gabinetes, não de uso pessoal. Grandes, pretas, pesadas, de ferro, ocupavam muito espaço e eram difíceis de mover. No entanto, as teclas redondas e opulentas, com o desenho da letra no centro, pareciam para mim com as de um piano. Como um piano, elas produziam sons; como um piano, tinham que ser apertadas com os dedos; e, como um piano, com as máquinas de escrever era possível criar um texto, algo que não existia antes, como não existia o *Noturno nº 2* de Chopin antes de que ele o compusesse. Ficava extasiada em sua contemplação quase sempre distante, porque a velha Underwood da mercearia do italiano Invernizzi estava escondida entre os sacos de farinha, de grãos, de milho, caixotes de abóboras verdes e de batatas-doces enrugadas com cheiro de terra. Eu as espiava. Quando encontrava uma, tentava agarrá-la, possuí-la com o olhar, conhecer seus segredos, com o desejo oculto de manipulá-la. Aprendi, sem palavras, que o desejo é assim: começa pelo olhar, pelos olhos que descobrem um objeto do qual se imagina uma fonte de prazer; os olhos o perseguem, como se o olhar fosse uma forma de possessão, e antecipam o gozo. Este é inconfessável: eu não contei para ninguém que queria uma máquina de escrever, mas o propósito foi firme, tão sólido quanto silencioso: algum dia ela ia ser minha, mesmo que eu tivesse que esperar a vida inteira, mesmo que isso exigisse os maiores esforços.

Um dia, visitando a casa de uma prima que tinha se casado já mais velha, encontrei pela primeira vez uma máquina de escrever ao alcance das minhas mãos. Eu me aproximei animada, mas com devoção. Ela era preta, com o rolo grande, largo, as letras estavam lustrosas e tinha todas aquelas patas de gafanhoto que conduziam a letra até a fita de tecido que imprimia sobre o papel (era uma fita dupla, azul e vermelha). As teclas do piano também tinham umas pernas de madeira que faziam as cordas soarem. A devoção, o recolhimento e a animação fizeram minhas mãos suarem. Eu não queria que meus dedos escorregassem, como acontecia no instrumento musical, mas imediatamente soube que a emoção era assim, a emoção ia do coração aos dedos, que tremiam, umedecidos. Apertava um A cerimoniosamente, e o caractere preto era impresso sobre o papel. As teclas eram como mamilos que eu começava a sorver com gula: um J por aqui, um L por ali, e o opulento M, M de mãe, de mimo, de mama, de música, de melodia, de madressilva, de marmelada e de melão. Passei a tarde concentrada, pulsando a máquina de escrever, descobrindo seus segredos, como anos depois passaria dias, noites inteiras, tocando um corpo, acariciando sua pele, seus tendões, percorrendo suas entradas e suas saídas, assombrada diante do prazer, extasiada de que existisse e estivesse entre minhas mãos.

Desde então, obter uma máquina de escrever se converteu em um firme, fiel propósito. Eram caras, escassas, mas, se eu queria ser escritora, era o passo necessário e prazeroso para chegar a sê-lo. Por enquanto, eu escrevia em cadernos, em folhas soltas que logo costurava com um fio, à espera da Underwood ou da Remington que algum dia — tinha certeza — conseguiria.

O BEIJO

Eu me lembro com bastante clareza do primeiro beijo de amor da minha vida. Eu a tinha convidado para estudar na sala da minha casa, que nunca se usava, mas era de um asseio exagerado, embora eu jamais estudasse acompanhada, gostava de estudar sozinha. Porém, como ela estava um pouco atrasada em história e literatura, a convidei, pensando na recompensa de passar um tempo ao seu lado. Era mais alta que eu e quatro anos mais velha. E lindíssima. De origem italiana, como eu, ela tinha essa linda pele maravilhosamente branca, como porcelana, e um cabelo liso, loiro, mas era um loiro específico, não dourado, e sim meio cinzento. Seu rosto me fazia evocar duas das minhas atrizes favoritas, italianas, claro, Eleonora Rossi Drago e Silvana Mangano. Como elas, era alta, com um corpo muito bonito e uma boca sensual. Era a primeira vez que eu convidava alguém para estudar na minha casa, e minha mãe tinha consentido, apesar de não gostar de receber visitas: sempre temia que a violência do meu pai ou seus silêncios espessos como uma corrente de aço causasse uma má impressão nas visitas. Mas dessa vez, no meio da tarde, eu e ela estávamos sozinhas, para estudar. Assim que me sentei ao seu lado, senti que minhas mãos, boca, têmporas e bochechas tremiam. Eu não podia olhar para a página do livro, que não sabia o que dizia, porque não conseguia tirar os olhos daquela boca. Minha única aspiração, meu único desejo era roçar seus lábios, com a suavidade das asas de uma borboleta, com o esvoaçar de um beija-flor. Olhava para ela e tremia; tremia e olhava para ela. Rocei seus lábios com infinita ternura (estavam pintados) e ela, supreendentemente, me beijou com paixão: apertou meus lábios contra os seus, absorveu-os e envolveu meus ombros com seus braços, muito mais compridos que os meus. Não sei quanto tempo estivemos dessa maneira, só sei que foi o princípio de uma corrente, e às vezes ela se inclinava para a direita, outras para a esquerda.

Eu nunca havia chegado a imaginar tanto e, como o desejo é cego, tampouco a senti-lo. Ela era muito mais audaz que eu e, sabendo que não havia ninguém em casa, me tomou nos braços e me levou até o quarto. Desabotoei com rapidez os botões prateados da sua bela blusa branca e uma torrente de leite branquíssimo cobriu meu rosto. Isso era o que eu tinha desejado minha vida inteira: um grande derramamento de seios brancos como leite, macios como leite, derramados como leite cobrindo-me os olhos, as sobrancelhas, os cílios, as bochechas, a boca. Se eu havia sido por acidente da vida um bezerro sem mãe, agora, depois de muitos anos, obtinha a recompensa, agora era um bezerro faminto, que mama, que suga com frenesi, agarrado ao mamilo como um órfão, um bezerro voraz, sedento, envolvente, embebido. Suguei e suguei, enquanto ela tirava minha roupa e eu, presa ao peito, não tinha a menor ideia do que acontecia em outras partes do meu corpo ou do seu corpo. Mas, de repente, percebi que ela estava tirando minha calcinha e enfiando os dedos no meu sexo, e tive um instante de lucidez: não queria que isso acontecesse dessa maneira. Então, deitei-a na cama. Tirei a escassa roupa que faltava e deslizei a boca até seu sexo. Era um sexo suave, delicado, de cor rosada em meio àquele branco estremecedor, e os pelos pretos, encaracolados, pareciam uma coroa. Inclinei a cabeça para seu sexo molhado, palpitante, e com movimentos suaves, rítmicos e às vezes rápidos e repetidos comecei a lamber a maravilhosa pérola do seu clitóris, cravada ali como uma joia no seu estojo.

GAROTA QUERIDA

(Um conto de William Saroyan)

Vi o livro pela primeira vez na biblioteca do meu tio. Tinha a capa dura e uma sobrecapa muito colorida, onde se via um homem bebendo de uma taça em um bar. As cores eram alegres (havia muito amarelo, muito vermelho), mas estavam diluídas como se se tratasse de uma aquarela. E o desenho era de linhas delicadas, muito finas. A editora era a Plaza y Janés, e o livro se intitulava *Garota querida*.* O autor — desconhecido para mim — se chamava William Saroyan. Eu tinha uns catorze anos e devorava tudo que caía nas minhas mãos. Não lia somente livros da biblioteca do meu tio. Também lia os quatro jornais diários que eram comprados na casa da minha avó, as revistas semanais ou quinzenais de moda e de estilo de vida (as revistas femininas *Para ti* e *Maribel*, cheias de relatos sentimentais), as bulas dos remédios, as contas de luz, as páginas amarelas (que incluíam divertidos anúncios publicitários), os calendários de parede cheios de histórias de santos e de mártires (de santas e de mártiras) e qualquer pedaço

---

* W. Saroyan, *Dear baby*, 1944, sem publicação no Brasil. (N. E.)

de papel que tivesse alguma forma de inscrição, à mão ou à máquina. Eu me lembro, fascinada, de como um dia achei um pedaço de papel escrito com tinta azul que havia caído em uma poça de água; vi como as letras, as redondas e as altas, as grossas e as finas, iam desaparecendo e com um golpe de mão resgatei o papel: ele pendeu, como uma folha caída da árvore, e, para meu desespero, as letras foram jorrando, escorrendo entre meus dedos. Só se salvou um R inicial, e um d, vários espaços depois. Com o papel molhado (portanto débil, frágil) na mão, tentei saber o que ele diria. Pensei em palavras. Deduzi que possivelmente começava assim: "Recordo...", recordo tinha um r inicial e um d que correspondia, mais ou menos, ao branco que havia até o d. Aceitei que era recordo. Mas quem recordava?, quem escrevia a outra pessoa contando o que recordava? E, de repente, fiquei consciente da tragédia, da morte: alguém havia fixado em letras suas lembranças, para que alguém soubesse, como se lança um fio à água, como se estabelece uma ponte, mas o fio tinha se rompido; a ponte, se desconectado. O destinatário da evocação já não saberia, nunca mais, que alguém lhe havia dirigido suas lembranças, que alguém tentara possivelmente compartilhá-las, despertar lembranças em comum. Comecei a secar o papel. No entanto, as letras — as lembranças — haviam desaparecido para sempre. E eu era a testemunha desse crime, desse erro, dessa ponte quebrada, dessa falsa comunicação. Compreendi, subitamente, a essência dos mal-entendidos que constituem a trama da vida e dos romances.

A biblioteca do meu tio ficava no seu quarto, um quarto modesto de piso de tábuas de madeira e com uma janelinha que dava para os fundos da casa, onde crescia uma buganvília cor-de-rosa, se erguia o finíssimo tronco de um jasmim-espanhol, que, no entanto, se enredava sobre os fios de arame em milhares de galhos enroscados, e davam frutos um par de figueiras, três laranjeiras e dois limoeiros. No quarto havia uma velha cama de bronze, uma escrivaninha, um guarda-roupa e várias estantes cheias de livros.

Quando chegava do colégio, eu me fechava no quarto do meu tio para ler. Aquela biblioteca parecia a de Alexandria, com milhares de livros, desde a *Ilíada* e a *Odisseia* até *Orlando*, de Virginia Woolf, na tradução de Jorge Luis Borges.

Eu lia com o deleite indiscriminado de uma viciada e de uma convertida. Minha religião era a literatura — mas precisamente: o conhecimento, mas o conhecimento que a literatura proporcionava —, e os livros eram os monges e as freiras, que celebravam o culto desde as páginas, desde as lombadas dos livros, com letras douradas e marcadores de tecido. Eu não tinha nenhum interesse em selecionar, porque não pensava em deixar de ler nenhum: não havia nenhuma razão para escolher um antes de outro, dada minha ignorância — que eu estava disposta a superar rapidamente —, retinha todos os nomes dos livros, todas as biografias dos autores, todas as orelhas. A literatura me parecia um vasto oceano, cheio de ilhas, de pelicanos, de cetáceos, de criaturas fantásticas e outras reais, e me parecia que cada livro tinha seu valor, seu sentido; como nos planisférios e nos mapas, havia rotas que levavam de um livro a outro; havia caminhos que conduziam a autores diferentes, e, cada vez que lia o nome de um livro que não figurava na biblioteca do meu tio, eu o registrava na memória para lê-lo mais adiante, quando tivesse dinheiro próprio para comprá-lo. Minha mente se transformou em um fabuloso computador (fiz a mesma coisa com o cinema, nessa idade). Tinha vontade enciclopédica: se um livro levava a outro, tinha certeza de poder ler alguns milhares, durante minha vida, mas me decepcionava saber que eu nunca viveria o suficiente para poder ler todos.

E, quando terminava um livro, lia a lista de autores da coleção e sublinhava os títulos que me pareciam mais sugestivos: formavam parte do meu desejo, eram os elos de uma corrente ininterrupta. Assim, aprendi que a sedução da leitura começa pelo nome do livro. (*A balada do café triste; O fio da navalha; As ondas; Cantos de vida e esperança; Poemas humanos; Crime e castigo; A menina dos olhos de ouro; Adam Buenosayres; Em busca do tempo perdido; A morte de um caixeiro-viajante; Os caminhos da liberdade; O segundo sexo; Folhas de relva; O apanhador no campo de centeio; Sonho de uma noite de verão; Um poeta em Nova York; O brinquedo raivoso; Noites brancas.*)

Garota querida me pareceu um título terno e sentimental. Não era uma frase vulgar; ainda não era. Dizer para alguém "Garota querida" estava cheio de sentidos ocultos; a primeira ambivalência era chamar uma mulher de "garota", mas em castelhano* (pelo menos no castelhano sedutor que se fala em Montevidéu) era uma maneira sugestiva de chamar precisamente alguém que já não era uma menina. Acompanhado do "querida", acrescentava uma nota de sensualidade e afeto com certas reminiscências pedófilas (palavra que eu ignorava na época).

Abri-o com grande prazer. As páginas estavam um pouco amareladas, como certos selos antigos, e a umidade tinha se espalhado nelas com manchas que pareciam sardas. Cheirava a livro velho, mas não era: uma inundação recente havia molhado a prateleira mais baixa da estante, e, embora meu tio e eu tenhamos posto as páginas dos livros no sol, elas tinham amarelado de qualquer forma. A primeira página indicava o título original, *Dear Baby*, muito mais vulgar que *Garota querida*. O tradutor era Ignacio Rodrigo. A sobrecapa e as ilustrações correspondiam a Juan Palet e a primeira página

---

* *Dear Baby* foi traduzido para o castelhano como "Nena querida". *Nena* se refere a uma criança pequena, e é também uma forma carinhosa de chamar uma mulher jovem. (N. T.)

a R. Giralt Miracle. A primeira edição era bastante recente: 1946. Eu nasci em 1941. Era, então, um autor contemporâneo. Há algo que sempre vou dever ao meu tio: que sua biblioteca não fosse exclusivamente de clássicos. Que ao lado de Shakespeare estivesse John Osborne; ao lado de Virgílio, Vicente Aleixandre. Uma divertida turba de loucos infames. A segunda página era uma dedicatória. Dizia: "Este livro é para Carol Saroyan". E embaixo: "O que se diz nesse livrinho não é o que eu te diria em definitivo; mas que ele seja o primeiro entre muitos presentes de amor: um dom feito de tudo o que eu era em anos já remotos, antes de ter te visto".

Nunca li uma dedicatória mais comovente. A humildade do autor que frente à imensidão da amada chama sua obra de "livrinho" e confessa que tudo que disse nele não é o que lhe diria em definitivo. Porque o que pode dizer o apaixonado à mulher que ama? (O sexo de quem se ama é irrelevante.) O amor é *indizível*, por isso mesmo temos que rodeá-lo tantas vezes, assediá-lo por todos os lados, sabendo, em suma, que é inabordável. O amor não se pode dizer, por isso mesmo todos nós escrevemos poemas de amor quando estamos apaixonados, e lemos ensaios sobre o amor, e ficamos às voltas com a impossibilidade de dizer o que amamos quando amamos e quem amamos quando amamos. Da humildade de reconhecer que nem sequer um bom escritor pode dizer algo sobre o amor que sente, Saroyan lhe dedicava o livro com a advertência de que não era isso o que queria dizer em definitivo, mas o definitivo talvez nunca viesse. No entanto, desse fracasso, resgatava o livro por ser um "presente de amor". Um dos muitos presentes do amor. Maravilhoso reconhecimento: o amor se reconhece pela vontade de presentear. Pelo desejo de presentear. O amor deve ser recebido como um presente para dar ao outro. E o que se presenteia? "Tudo o que eu era em anos já remotos, antes de ter te visto." Ao outro, à outra, se dá o que se é e o que se foi. Porque o apaixonado não quer possuir só o presente, está especialmente enciumado do passado, ali onde biograficamente não pôde estar. O "se eu tivesse te conhecido antes..." é a falácia com a qual tentamos preencher esse vazio, arrepender-nos desse passado em que o outro ou a outra não esteve, mas teria querido estar, teríamos querido que estivesse. Pavese escreveu: "Um sintoma inequívoco do amor é contar ao outro nossa infância." Ali onde não pôde estar, o que não puderam compartilhar. Saroyan o entrega, lhe entrega quem era "antes de ter te visto" em forma de livro. Compreendi em toda a sua intensidade a delicadeza e a profundidade de haver usado o verbo ver no lugar de conhecer. Não diz "antes de te conhecer": diz antes de te ver. Como Dante viu Beatriz na saída da igreja. Não conhecemos o outro, a outra: *a vemos*. "Antes de te ver": os olhos amam. Os olhos acariciam, investigam, capturam, possuem... Dois apaixonados não param de se olhar, como se o olhar fosse o falo. Eu te penetro, você me penetra com o olhar. Eu te olho, você me olha, e, nas suas pupilas, eu me olho te olhar, e você nas minhas se olha me olhar. Eu te olho justamente porque você está fora, porque eu não estou em você e quero estar, quero me fundir. O olhar é o reconhecimento de que quem amamos está fora, não dentro. E de que gostaríamos de possuir o impossível: enquanto nos olhamos experimentamos uma prazerosa inquietude, uma cumplicidade que flui, mas que parece se romper quando um dos apaixonados abaixa a cabeça ou se vira. Aí escapa. Aí começa a solidão.

Saroyan nasceu em 1908 em Fresno, Califórnia (a cidade do cinema), em uma família muito humilde de origem armênia. Aprendeu a escrever em inglês com dificuldade, e converteu essa dificuldade em um traço de estilo: escreve com a simplicidade dos emigrantes obrigados a aprender uma língua que não é a sua. Em 1915 se produz o extermínio de mais de um milhão de armênios pelas mãos dos turcos, e alguns conseguem fugir para os Estados Unidos. William Saroyan será sempre fiel à lembrança das suas origens, apaixonando-se, no entanto, pelo país que os adotou.

Eu me apaixonei pelo conto que dá nome ao livro, e nos meses seguintes devorei todas as obras que pude conseguir: *A comédia humana*, *O meu nome é Aram*, *O tigre de Tracy*; a maioria dos seus livros foram editados pela Plaza y Janés, mas outros, que obtive depois, foram publicados por outras editoras.

Eu, como Saroyan, também me apaixonei. E, quando me apaixonei, não encontrei melhor "presente" para a mulher que eu amava que lhe dar meu exemplar de *Garota querida* (na época, eu ainda não havia publicado meu primeiro livro, mas creio que mesmo assim o teria dado de presente).

Também li seus romances. Ia encontrando os retalhos da sua vida nas orelhas e em certas passagens das narrativas, como os contos — ternos e céticos — que escreveu na época em que era roteirista em Hollywood. Ou este romance assolador: *The laughing matter* [O riso da coisa].

Quando te encontrei, em 1969, você estava casada pela segunda vez e vivia em outra cidade, em outro país. Você estava de passagem por Montevidéu, ia embora em uma semana. Tivemos uma noite longa e lenta, calorosa, para nos conhecermos. Para falar de gostos: "Quem você lê?", "O que você escuta?", "Que filmes você vê?", "Maoísta ou trotskista?". Escutava-se o mar bater. Sempre se escuta o mar bater em Montevidéu. Comemos — às quatro da manhã — milanesas com pão. Eu não pude comer: o bolo do amor fechava meu estômago. Não dormimos. De manhã, te disse que me esperasse, que eu queria te trazer um presente, depois de dar minhas aulas matinais de literatura e revolução. Você me esperou em uma esquina, a esquina de todos os ventos. Longe, uivava o mar. O mar é como um lagarto, quando está calmo; quando está agitado, é um felino que desliza sigiloso até que salta, escalador, uivando lascivamente. Fomos a um hotel. Que estranho, um hotel na cidade em que se vive, você disse (desde então, todos os meus primeiros encontros de amor foram em hotéis; em hotéis em Cádis, em Boston, em Barcelona, em Madri, em Berlim, em Paris, em Washington). Duas mulheres sozinhas, sem bagagem, em um quarto de um hotel medíocre, perto do porto. Quando me inclinei sobre você, na cama, murmurei no seu ouvido: "Garota querida", e você disse, suave, lentamente: "Do livro homônimo de William Saroyan."

O presente que eu trouxe para você era a edição da Plaza y Janés de Garota querida. *O livro foi Celestino, o mar foi Celestino, o autor foi Celestino.* Como eu não ia me apaixonar por uma mulher cujo livro favorito era* Garota querida*?*

Quinze anos depois, em outra cidade, esta europeia, da primeira vez que beijei outra mulher, ela murmurou no meu ouvido: "Garota querida." E eu respondi: "Do livro homônimo de William Saroyan." Quando nos levantamos da cama (não era um hotel, era sua casa), ela me conduziu à biblioteca. Na biblioteca havia um livro: era Garota querida *de William Saroyan, na edição da Plaza y Janés. Com admiração, abri a primeira página. Ali, embaixo da dedicatória que o autor fez para sua esposa, havia outra: a que eu havia feito para a mulher de Montevidéu. Agora era seu. Ela o dera de presente a você. Celestino foi o livro, Celestino foi o mar, Celestino foi o autor.*

Da última vez, não houve livro. Quando me inclinei para te beijar iniciaticamente (não foi em um hotel, foi na minha casa), você me disse: "Garota querida." E eu te respondi: "Do livro homônimo de William Saroyan." Mas você não o tinha

---

* A autora se refere ao clássico castelhano de Fernando de Rojas, *La Celestina* (1499), cuja personagem Celestina é responsável pelo encontro amoroso dos protagonistas Calisto e Melibea. (N. T.)

lido, e eu não o dei de presente a você. Queria viver sem ele durante um tempo. Dois anos mais tarde, você me presenteou com a autobiografia de William Saroyan que comprou em um sebo, as livrarias que amávamos.

Saroyan morreu há poucos anos.

Hoje, alguém me deu de presente um livro que vem de longe, que vem de Montevidéu. Quando abri o envelope, apareceu outra vez: Garota querida. *Na capa, encadernada de um verde profundo, em letras douradas, se pode ler: "Para Cristina." É a primeira vez que alguém dedicou o livro a mim.*

Posfácio

ENTRE REALIDADE E FICÇÃO, A VIDA
ANITA RIVERA GUERRA

O ato de construir — e reconstruir — uma vida a partir de palavras não é algo estranho a Cristina Peri Rossi. Com mais de quarenta livros publicados, entre contos, poesia, romances e ensaios, são incontáveis os desdobramentos reais e ficcionais oferecidos pela autora desde 1963, quando publicou *Viviendo* [Vivendo] com apenas 22 anos. Por isso, talvez, não surpreenda a forma com que a ganhadora do Prêmio Cervantes de 2021 narra, em *A insubmissa*, a sua versão da própria vida nessa espécie de romance de formação (*Bildungsroman*), feito de colagens de memória e ficção, que parte de suas primeiras lembranças e atravessa os anos até chegar à adolescência. Podemos ler esse livro, também, como uma tentativa de pôr em palavras uma "pré-história" da Peri Rossi mais conhecida, aquela que em 1972 teve que sair às pressas de seu país de origem, o Uruguai, fugindo de um governo autoritário que logo se transformaria em uma ditadura civil-militar. Nesse sentido, o relato da própria infância, entrelaçado a prolepses do começo do exílio em Barcelona, onde vive até hoje, é também uma forma de contar uma história que não pôde existir: a de uma vida interrompida pela violência de um Estado que tentou apagar sua presença já prolífica no mundo intelectual e político de Montevidéu, considerando-a uma "inominável", proibindo seus livros e qualquer menção a ela na mídia uruguaia.

A insubmissa não é, porém, uma autobiografia. E mais do que as considerações formais em torno das modalidades da autoficção, do romance autobiográfico e outras tantas, o que parece estar em questão nesta obra é uma espécie de fundação mítica — pegando emprestada a fórmula borgiana — do sujeito da escrita, que no *corpus* literário de Peri Rossi equivale ao sujeito do desejo. Em toda a sua obra, é pelo desejo que se dá a linguagem, ou melhor, nas palavras dela: "A linguagem procura achar uma forma em algo inominável, o desejo".* É justamente pela chave do desejo — e da linguagem — que *A insubmissa* se apresenta desde o princípio; o desejo também fundacional, pela lente da psicanálise, de uma criança pela mãe: "A primeira vez que me declarei à minha mãe, eu tinha três anos" (p. 7). A este se seguem diversos outros, dentre os quais o interesse romântico é apenas um, embora não menos importante. O gosto pela aventura, o apreço pelas plantas e pelos animais, a curiosidade de saber como as coisas funcionam e, com o passar dos anos, a paixão pela música e pela literatura se somam à lista, que pode se resumir em um só ponto: o desejo de descobrir o mundo, em suas alegrias, angústias e tudo o que está no meio. Afinal, como Peri Rossi afirma no poema "Infância", de 1987, "Ali, no começo,/ todas as coisas estavam juntas,/ infinitas no número/ e na pequenez".**

Se para a autora a infância se apresenta nessa unidade na qual se encontram infinitamente "todas as coisas", *A insubmissa* parece ser, de fato, um encapsulamento do universo literário de Peri Rossi, um microcosmo que engloba elementos

---

* C. Peri Rossi, "Mi experiencia como escritora traducida". Conferência proferida no dia 13 de novembro de 2001. Cristina Peri Rossi Papers, Hesburgh Libraries, University of Notre Dame, South Bend, IN, Estados Unidos. Salvo indicação, todas as traduções da obra de Cristina Peri Rossi neste posfácio são minhas.
** C. Peri Rossi, "Infancia" in *Europa después de la lluvia*. Madri: Fundación Banco Exterior, 1987, p. 9.

presentes já em suas primeiras obras, como a própria infância, o erotismo, a experimentação com a linguagem, e, claro, a insubmissão. Um dos numerosos exemplos é o romance *El libro de mis primos* [O livro dos meus primos], de 1969, no qual o pequeno Oliverio descobre as belezas e aflições do mundo no interminável quintal da casa da família enquanto os primos Alejandra e Federico exploram o prazer sexual e o ímpeto revolucionário. Outro, posterior, porém semelhante, é o conto "La rebelión de los niños" [A rebelião das crianças], de 1980, considerado pela autora uma premonição dos sequestros de filhos e filhas de presas políticas que viriam à tona após as redemocratizações, posteriores à publicação da história. Neste, dois adolescentes encontram o amor enquanto planejam se rebelar contra os militares da instituição em que estão encerrados. Em ambos, assim como em *A insubmissa*, existe uma inconformidade com as injustiças aparentemente inalteráveis do mundo; aquelas que regem a existência de uma hierarquia entre adultos e crianças, humanos e animais, homens e mulheres, heterossexuais e homossexuais, entre muitas outras.

Essa inconformidade está, de variadas formas, presente em cada capítulo deste livro: desde a relação conturbada e violenta com o pai até a revelação, por parte de uma amiga que, assim como ela, estava apaixonada por outra menina, de que as duas iriam para o inferno, passando pela misoginia do tio que afirmava que as poucas mulheres que ousavam ser escritoras terminavam por suicidar-se. De todas as situações que se apresentam, Peri Rossi se desvencilha com inteligência e humor também característicos de sua obra. É brincando com os gêneros, tanto os literários quanto os sociais, e os artifícios da linguagem e suas metáforas — ou "mefátoras", como a pequena Cristina diz à tia —, que seus personagens e ela própria atravessam essa grande aventura que é a vida.

A insubmissa é, de fato, feito de travessias. Naquela tradicional de todo romance de formação, que constitui um arco narrativo pelo qual o protagonista se torna sujeito, estão inseridas uma série de outras: a dela, aos cinco anos, enviada ao interior do Uruguai, por instruções do médico da família; a dos avós genoveses, que muito antes de seu nascimento cruzaram o Atlântico, como tantos outros imigrantes italianos, em busca de uma vida melhor em países que encorajavam sua chegada; a dos vizinhos fugidos de perseguições políticas e raciais de uma Europa em conflito e, claro, a do próprio exílio, no caminho oposto ao dos avós, em um navio que zarpava rumo a Gênova, embora ela tenha desembarcado na capital catalã. A Montevidéu de Peri Rossi é babélica e multicultural, um lugar "onde o lojista polonês era vizinho do sapateiro armênio, este do carvoeiro italiano, o açougueiro era espanhol, o dentista iugoslavo, o atendente alemão e o marceneiro bielorrusso" (p. 52).

Daí, para a autora, sua caracterização enquanto uma cidade fundamentalmente nostálgica, "sem tempo, sem passado, suspensa como uma bolha de sabão, e, por isso mesmo, exonerada do futuro",* como escreve em "La ciudad de Luzbel" [A cidade de Luzbel], conto de 1992 dedicado à capital uruguaia que terminou por ser motivo de sua própria nostalgia a partir do exílio, potencializada pelo lugar que sua cidade natal ocupa em seu imaginário quando deixa o país sem possibilidade de retorno. E se essa sensação de estrangeiridade aparece de forma constante na literatura pós-exílio de Peri Rossi — sintetizando-se no verso "Minha casa é a escrita",** do poema homônimo do livro *Habitación de hotel* [Quarto de hotel] (2007) —, ao lermos *A insubmissa* confirmamos que o tema é anterior ao deslocamento geográfico e se revela

---

* C. Peri Rossi, "La ciudad de Luzbel" in *Cuentos reunidos*. Barcelona: Penguin Random House, 2007, p. 53-63.
** C. Peri Rossi, "Mi casa es la escritura" in *Habitación de hotel*. Barcelona: Random House Mondadori, 2007, p. 9-11.

realmente ontológico, como já se nota nas obras publicadas antes de 1972. A relação de estranhamento com o mundo experienciada pela jovem autora-personagem se mostra explícita em diversas passagens ao longo do romance, compondo uma percepção geral de não pertencimento que corrobora com seu caráter de insubmissão, fazendo-a questionar os imperativos sociais, familiares, religiosos etc. — em suas palavras, os "o que dirão" — e se encontrar naquilo que precisamente desloca essas imposições: a música e, principalmente, a literatura.

É pela literatura que ela encontra o próprio lugar enquanto sujeito, o que neste livro aparece em pelo menos dois momentos: no monólogo epistolar dela com seu primeiro amor de escola, cujos pais confiscavam as cartas por serem demasiado "apaixonadas" (p. 166), e na ocasião em que seu pai a trancava no banheiro por horas até que ela pedisse perdão pela indisciplina ou revolta da vez. Presa no recinto minúsculo, recusando-se a pedir desculpas por um ato de defesa à mãe ou a ela mesma, Cristina desenha nos azulejos a própria rua, em todos os detalhes que consegue lembrar. De sua prisão, ela esboça o mundo exterior como quem traça uma linha de fuga através das paredes, em um movimento similar ao que realiza em sua literatura do exílio, na qual a escrita assume também um lugar de escape e subversão: "Enquanto sofro pelo temor de não poder mais escrever, no exílio, escrevo. Enquanto temo a castração, escrevo. Enquanto padeço da dor, do desenraizamento, escrevo",* a autora afirma ter anotado em um diário da época no prólogo de *Estado de exilio* [Estado de exílio], elaborado entre 1973 e 1975, mas pu-

---

* C. Peri Rossi, "Prólogo" in *Estado de exilio*. Madri: Visor Libros, 2003, p. 7-13.

blicado apenas trinta anos depois, em 2003. No exílio, como na escrita, "Partir/ é sempre partir-se em dois".*

Enquanto Peri Rossi escreve, nós lemos, e com ela percorremos a tênue fronteira entre realidade e ficção no qual *A insubmissa* está inscrito. Para além de algumas poucas informações que podem ser confirmadas — ao menos por suas próprias palavras, em entrevistas e ensaios anteriores à publicação do livro —, nos resta imaginar em que momento uma coisa se torna a outra, apenas para chegar à conclusão de que não importa. Afinal, o que é a memória senão uma história que contamos para nós e para os outros, construindo — e reconstruindo — uma narrativa entre as cenas que lembramos e as que não? Entrelaçadas às possíveis memórias da autora, há nomes e locais por vezes deliberadamente modificados por ela. Estão também, no livro, as memórias impossíveis, pertencentes a pessoas que lhe contaram ou não sobre as suas vidas, como o desespero de sua bisavó perante a morte iminente do marido e o terrível relato das pessoas presas e torturadas pelos militares em pleno campo uruguaio, contadas em tantos detalhes quanto as da autora-personagem — fragmentos de uma memória coletiva marcada pelos traumas de uma família e de um continente. Entre o individual e o compartilhado, entre o que vivemos e o que escutamos e imaginamos, se dá a literatura, entramando as múltiplas partes por meio de palavras. Como no resto de sua obra, tanto ficcional quanto poética, em *A insubmissa* Peri Rossi nos convida a também descobrir nós mesmas e o mundo, e a confirmar que a escrita é, sempre, insubmissa.

—

* C. Peri Rossi, "El viaje" in *Estado de exilio*. Madri: Visor Libros, 2003, p. 58-59.

Traduzir é, por definição, transladar. Mudar algo de lugar, fazer algo viajar, percorrer o trajeto entre um ponto e outro. Nesse sentido, aquilo que é traduzido está fadado a um exílio permanente, uma nostalgia impossível do original de onde se parte e a angústia sobre o que se perde no caminho. Peri Rossi, ela própria tradutora para o castelhano de nomes como Charles Baudelaire, Graciliano Ramos, Monique Wittig e Osman Lins, afirmou, em uma conferência: "Traduzir Clarice Lispector foi, para mim, uma experiência inquietante, fascinante e ao mesmo tempo frustrante (estou falando de traduzir ou de fazer amor?.)"* A autora compara o ato de traduzir ao de se relacionar amorosa e sexualmente com um outro, pontuando que ambos conduzem "de maneira inevitável a uma simbiose na qual a fidelidade, a traição, a propriedade e a apropriação são mecanismos emocionais e apaixonados".**

Com esta tradução não foi diferente. Como em uma relação, senti a necessidade de requisitar, ceder e negociar com a voz autoral de Peri Rossi em prol de um resultado que se espera harmonioso ao longo do caminho entre um idioma e outro. E para isso — como em uma relação — tive que fazer escolhas que por vezes se distanciavam e por outras se aproximavam do texto original, nesse jogo por uma precisão impossível que é o sonho e o pânico de toda tradutora. No caso de *A insubmissa*, a tarefa é ainda mais delicada. Trata-se de um livro que, como a própria autora, está em uma espécie de entrelugar no que diz respeito à linguagem, que transita entre o espanhol falado em seu Uruguai natal — por si só uma mescla de diversas línguas indígenas, africanas e europeias — e o castelhano tradicional, embora viva há mais de cinquenta anos na capital catalã. Como a cidade de Montevidéu repre-

---

* C. Peri Rossi, "Mi experiencia como escritora traducida".
** Idem.

sentada em suas páginas, *A insubmissa* é uma Babel que se revela na combinação de expressões e palavras e mesmo conjugações verbais de múltiplos lugares, dando razão à seguinte afirmação da autora, anterior à publicação do livro: "Escrevo com minhas vozes, não com minha voz".*

Aceitei com pesar que nem sempre era possível preservar esse caráter multilinguístico na tradução para o português, embora tenha por vezes mantido algumas palavras ou construções estranhas ou menos comuns aos leitores lusófonos, especialmente quando a proximidade entre os idiomas permitia uma transparência em maior ou menor grau. O principal exemplo é, provavelmente, a palavra *bichicome*, exclusivamente uruguaia e que ocupa um lugar central na narrativa. Considerei-a essencial para preservar o estranhamento que a própria personagem experimenta quando a escuta pela primeira vez. Outras decisões partiram de preferências sintáticas ou estéticas. Mas, se algo invariavelmente se perdeu nesse percurso, como bem se sabe, a perda também traz consigo uma possibilidade de ganho — e é, em si, uma arte, nos ensina Elizabeth Bishop em "Uma arte",** de 1976, ao qual Peri Rossi faz uma referência direta em seu "El arte de la pérdida (*Elizabeth Bishop*)", de *Estado de exilio*. Nesse mesmo ano, já em Barcelona, Peri Rossi publicou *Diáspora*. Um dos poemas do livro diz: "Para cada mulher/ que morre em ti/ majestosa/ digna/ malva/ uma mulher/ nasce em plenilúnio/ para os prazeres solitários/ da imaginação/ tradutora."*** Espero, com esta

---

* C. Peri Rossi, "El misticismo del amor" in Jesús Gómez de Tejada (org.), *Erotismo, transgresión y exilio: las voces de Cristina Peri Rossi*. Sevilla: Editorial Universidad de Sevilla, 2017, p. 11.

** E. Bishop, "One art : Uma arte" In *Poemas escolhidos*, trad. Paulo Henriques Britto, São Paulo: Companhia das Letras, 2012, p. 362-363.

*** C. Peri Rossi, "Por cada mujer" in *Diáspora*. Barcelona: Lumen, 1976, p. 29.

tradução, compartilhar os prazeres e as aflições que *A insubmissa* me proporcionou — não só como tradutora, mas antes de tudo como leitora.

ANITA RIVERA GUERRA é pesquisadora e tradutora. Atualmente, finaliza o doutorado no Departamento de Línguas e Literaturas Românicas na Universidade Harvard, Cambridge/Massachussets, onde também realizou mestrado. Pesquisa a obra de Cristina Peri Rossi desde 2016. É mestre em Comunicação e Cultura pela Universidade Federal do Rio de Janeiro (UFRJ), com gradução em Jornalismo na mesma instituição.

PRINCIPAIS OBRAS DE CRISTINA PERI ROSSI

ROMANCES

El libro de mis primos. Montevidéu: Arca, 1969.
La nave de los locos. Barcelona: Seix Barral, 1984.
Solitario de amor. Barcelona: Seix Barral, 1988.
La última noche de Dostoievski. Barcelona: Plaza & Janés, 1992.
El amor es una droga dura. Barcelona: Lumen, 1999.
Todo lo que no te pude decir. Palência: Menoscuarto, 2017.
La insumisa. Palência: Menoscuarto, 2020.

CONTOS

Viviendo. Montevidéu: Arca, 1963.
Los museos abandonados. Montevidéu: Arca, 1968.
Indicios pánicos. Barcelona: Seix Barral, 1970.
La tarde del dinosaurio. Barcelona: Lumen, 1976.
La rebelión de los niños. Barcelona: Lumen, 1980.
El museo de los esfuerzos inútiles. Barcelona: Lumen, 1983.
Una pasión prohibida. Barcelona: Plaza & Janés, 1986.
Cosmoagonías. Barcelona: Edhasa, 1988.
La ciudad de Luzbel y otros relatos. Barcelona: Seix Barral, 1992.
Desastres íntimos. Montevidéu: Alfaguara, 1997.

Te adoro y otros relatos. Barcelona: Lumen, 2000.
Por fin solos. Plaza & Janés, 2004.
Habitaciones privadas. Palência: Menoscuarto, 2012.
Los amores equivocados. Palência: Menoscuarto, 2015.
Extrañas parejas. Barcelona: Editorial Galaxia Gutenberg, 2024.

POESIA

Evohé. Barcelona: Lumen, 1971.
Descripción de un naufragio. Barcelona: Lumen, 1974.
Diáspora. Palma de Mallorca: J. J. de Olañeta, 1976.
Lingüística general. València: Prometeo, 1979.
Europa después de la lluvia. Madri: Visor, 1987.
Babel bárbara. Barcelona: Edhasa, 1991.
Otra vez Eros. Barcelona: Plaza & Janés, 1994.
Aquella noche. Barcelona: Plaza & Janés, 1996.
Inmovilidad de los barcos. Madri: Visor, 1997.
Poemas de amor y desamor. Barcelona: Lumen, 1998.
Las musas inquietantes. Barcelona: Ediciones del Bronce, 1999.
Estado de exilio. Madri: Visor, 2003.
Estrategias del deseo. Madri: Visor, 2004.
Mi casa es la escritura. Madri: Visor, 2006.
Habitación de hotel. Madri: Visor, 2007.
Play Station. Madri: Visor, 2008.
La noche y su artificio. Madri: Visor, 2014.
Las replicantes. Madri: Visor, 2016.
La barca del tiempo. Madri: Visor, 2016.
Arqueología amorosa. Montevidéu: Estuario, 2018.

ENSAIOS E MEMÓRIAS

Acerca de la escritura. Barcelona: Montesinos, 1991.
Fantasías eróticas. Barcelona: Icaria, 1991.
Cuando fumar era un placer. Madri: Páginas de Espuma, 2003.
Julio Cortázar y Cris. Palência: Menoscuarto, 2021.

Barcelona, 2006

Este livro foi editado pela Bazar do Tempo na cidade de
São Sebastião do Rio de Janeiro, em janeiro de 2025.
Ele foi composto com as fontes Action e Heldane e impresso
em papel Pólen Bold 70 g/m² na gráfica Leograf.